グレイトライフ

GREAT LIFE

中岡 俊明
Nakaoka Toshiaki

風詠社

量子のもつれは実相なり
実相はグレイトライフなり
グレイトライフは愛なり

目次

装幀　２ＤＡＹ

第一章

「水のいのち」について

友達が作詞高野喜久雄、作曲高田三郎の『水のいのち』を合唱で歌うと言う。でも詩が難しく、歌うと胸が苦しくなると言う。そこで『水のいのち』を調べてみた。今は便利だ。グーグルで検索すると即座に『水のいのち』の詩が表示され、ユーチューブで検索すれば実際の合唱の様々な演奏もすぐ聴くことができる。

高野喜久雄の詩は平易な言葉で書かれているが、なかなか難解だ。でも何度か読んでみると私の発想によく似ていると思った。

私の発想とはこうだ。私は「グレイトライフ」という概念を考えた。それは大宇宙に遍く存在する「生命の根源」です。言い方を変えると、人が死んでから行く生命の故郷みたいなものです。人だけではありません。すべての生命、森羅万象の故郷です。もちろん眼には見えません。触ることもできません。しかし我々の周りにいつも寄り添っている世界があるのです。異次元の世界と言っても良いかもしれません。

「グレイトライフ」をイメージするのは難しいかもしれません。そこで私が考えたのは「海」と「水」を使ったメタファー（隠喩）です。「グレイトライフ」を「海」にたとえたのです。

海は地球上で生命の元になった場所、生命の起源です。四十億年前、最初の生命の赤ちゃんが海に宿って以来、無量大数の生物が誕生し消滅していきました。いろいろな生命がただ生まれては消えていった訳ではなく、それぞれに影響を与え関係し繋がっていったのです。

人類は突如現れたのではありません。それまでの何十億年の進化変遷の賜物なのです。こんな風に考えると「海」はとても崇高で有難い存在、そう「神」のような存在なんです。

それでは「水」はどういうメタファーかと言うと、ずばり「個々の生命体」です。人もいれば、花木、鳥、動物、魚類など我々が常識的に生命体と考えるものから、山や川、雨や雲、岩や砂、もっともっと視野を広げて地球そのもの、宇宙そのものも含みます。そんな生命体が様々なプロセスを経て最後に「海」

という「グレイトライフ」に注ぎ込むわけです。

「水」の三態という言葉があります。個体（氷）⇒液体（水）⇒気体（水蒸気）、水はこのように形を変えるのです。視覚的に個体たとえば人、液体たとえば動物、気体たとえば雲という風に全然違ったものに映っていても水は個体になろうと、液体になろうと、気体になろうと「水」に変わりはないのです。「海」という母なる偉大な存在から頂いた「水」という様々な「命」。「海」は「水」であり、「水」は「海」なのです。


さて高野喜久雄の『水のいのち』は、第一章「雨」、第二章「水たまり」、第三章「川」、第四章「海」、第五章「海よ」から構成されている。「水」を生命のメタファーとしてとらえ、「雨」「水たまり」「川」「海」、そして「海」の中で「雲」というように5つの状態を考えている。私同様、「海」を母なる存在と位置づけ、「海」からすべてのものが始まると詠う。

「水」を通して「生命」への賛歌を歌っている気がする。「水たまり」を人間に見立てたのが面白い。

ただ一つ残念なのは、「生命」への賛歌のわりに曲調が暗いのはいただけない。暗いところもあって良いが、光り輝くメロディーも欲しかった。高田三郎氏はクリスチャンでこの詩に「神」を感じられたことと思うが、ちょっと讃美歌を意識しすぎたきらいがある。友達が感じた不快感は恐らく、ところどころ使われているメタファーされた言葉と重々しい曲想にあるのではないかと思う。

メタファー

海はグレイトライフ
森はグレイトライフ
空はグレイトライフ
人体は60兆個の細胞の集まり。一つ一つがグレイトライフ
全体がグレイトライフ
グレイトライフは光だ

天国と地獄

友人のO氏が麻雀友達にこんなことを言われたそうだ。

「Oちゃん、AもBもCもみんな死んで地獄へ行ってるな。わしも死んだら地獄行やな」

「Oちゃんは天国か地獄か？」

「もちろん天国ですよ」

「いや天国へ行ったら友達おらんよ。地獄においで」

ほほえましい会話だが、すべて幻想である。真実は天国も地獄もない。肉体が滅びれば個体は消える。グレイトライフに戻る。


今の時期、わが家の庭は紫陽花が花盛り。毎年毎年、私は何もしていないが、2色の大輪を咲かす。10日ほどで花は枯れて葉っぱだけになる。その葉っぱもそのうちに朽ち果てる。

そう、我々が見ている花は人間一人一人、もっと広く言えば生物一つ一つ、顔も違えば色も異なる。時が来れば姿を消す。しかし、根っこは残っていて、翌年新たな個体を生む。その繰り返しである。その根っここそグレイトライフなのだ。

虹

グレイトライフは光だ
光をプリズムを通せば
虹が見える
虹は生命だ
森羅万象のスペクトル
プリズムの役割を果たすのは
愛だ！

第二章

ガイア理論について

ガイアというのは、地球を一つの生命体として考える理論です。『ガイアシンフォニー』という映画はこのガイア理論をベースに作られた啓蒙フィルムです。大抵、我々は地球は生命体というより物質としてとらえています。しかしそれは人間の勘違いである。

「地球温暖化」を考えるときにいつもヤリ玉にあがっているCO_2ですが、元々植物の光合成に必要な物質で、その代わりに人間に酸素を与えてくれていた大事な気体でした。無くてはならない元素です。それを人間が自分たちの欲求を追求するあまり、過度なCO_2をつくり出し、そのことで地球のバランスを崩し温暖化を招いた訳です。

植物 $\xrightarrow{O_2}$ 人間 $\xrightarrow{CO_2}$ 植物 $\xrightarrow{O_2}$ 人間という連環を物質文明が断ち切ったのです。

温暖化による異常気象などは地球をモノとして扱ってきた人間に対する生き

物地球からのしっぺ返しなのです。

虹も生きものです。人間が解釈する自然科学的な説明をすると、雲が残した水蒸気に太陽の光が反射して屈折と分光によって生じる現象ということ。

近代の科学のルーツはデカルトの「二元論」とニュートンの「万有引力」だそうですが、それを見直すときが来ているようです。すなわち虹も生きものだという発想が必要なのです。

虹という字は「むし」偏です。やはり生きものなんです。セミは一週間の命、蜻蛉は数時間そして虹は数分で消えてしまいます。知る限りこの世で一番短命な生きものです。

テイク・ナット・ハーンの教え

もしもあなたが詩人なら、この紙のうえに雲が浮かんでいるのが、はっきり見えることでしょう。雲がなければ雨は降りません。雨が降らなければ、木は育ちません。そして木がなければ紙はできないのですから、この紙がこうしてここにあるために、雲はなくてはならないものなのです。もしここに雲がなかったなら、ここにこの紙は存在しません。それで雲と紙はインタービーイング（相互共存）していると言えるのです。

「インタービー」という言葉はまだ辞書に載っていません。それで「インター」という接頭語を動詞の「ビー」につけて、「インタービー」という新しい言葉をつくりました。

この紙をもっと深く見ていたら、この紙のなかに太陽の光も見えてきます。太陽がなければ森は育ちません。実際、太陽がなければ、何も生きてゆくことができません。それで太陽もまたこの一枚の紙のなかに存在していることがわかるのです。だから、この紙と太陽も「インタービー」しているのです。

もっと深く見つめてみると、木こりが見えてきませんか。木こりが木を切って製紙工場に運び、紙がつくられます。そのうちに小麦も見えてくるでしょう。木こりは日々のパンがなければ生きられないので、木こりの食べるパンになる小麦も、またこの紙のなかにあるわけです。それから木こりの両親も見えてきますね。このようにどんどん深く見てゆけば、数えきれないほどたくさんのものがあってはじめて、ここに一枚の紙が存在するということに気づくでしょう。

もう少し紙を見ていると、私たち自身もこの紙のなかに見えてきます。ここに自分を見つけるのは、そうむずかしいことではありません。というのは、私たちが何かを見るときには、視覚という知覚作用を働かせなければ見えないからです。だから、あなたのこころも、私のこころもここに参加しているのです。この一枚の紙のなかにはあらゆるものが入っているのです。ここにないものをひとつでも探すことはできません。時間、空間、地球、雨、土壌のなかの鉱物、太陽の光、雲、川、熱、……すべてのものが、この一枚の紙のなかに共存しているのです。

「ここにある」とは「ともにある」ことです。私たちが、あるいは、何かのものが、ただ自分だけで存在するということはありえないのです。私たちは、ほかのすべてのものとともに存在しているのです。一枚の紙がここにあるのは、ほかのあらゆるものがここにあるからなのです。

いま挙げたなかの何かひとつでも、もとに戻してみたらどうなるでしょうか。太陽の光を太陽に返してみましょう。そうしたら、この一枚の紙は存在するでしょうか。いいえ、太陽の光がなければ何ものもありえません。そして、木こりを母親に戻してみても、この一枚の紙はここに存在しなくなります。

要するに、この一枚の紙は紙以外のあらゆるものからできているのです。もし紙以外のすべてのものを、もとのところに戻してしまったら、紙は存在しないのです。紙でないもの、こころや木こりや太陽の光などがなければ、紙は存在しないのです。ここにあるのはこんな薄い一枚の紙切れなのに、このなかには宇宙に存在するものすべてが含まれ共存しているのです。

テイク・ナット・ハーンは1926年ベトナムに生まれた禅僧である。19

50年にベトナムに禅道場を創設、僧の授業にはじめて西洋の科学・哲学を導入した。1966年に渡米してベトナム戦争終結の和平提案を行なったり、詩や著作を通じてアメリカ社会に仏教を根付かせる活動をした。その思想はキング牧師にも影響を与えた。1967年のノーベル平和賞の候補にもなった。

彼のインタービーイング（相互共存）という思想は、物事を分けて考えるのではなく、無分別に、対象を一つのものとして、もしくはその関係性を直観する方法でとらえるものである。彼はしばしば一本の棒を持ち出してたとえ話をします。即ち、棒を横にして、右はしの人を右翼の代表、左はしの人を左翼の代表とし、その中間に無限にグラデュエイトする思想を持った人々が介在します。さて、今、右派が力を持ち、左派を粛清し、棒の左の一部をちょん切る行動に出たとします。これで極左は排除されましたが、残った棒を観察すると、相変わらず右はしと左はしが存在します。そこで気に入らないからと、更に左はしを切っても、切がありません。そうして切り続けると、しまいには棒そのものが消滅してしまいます。物事を完璧に分別することなんて無理だし無意味なことなのです。テイク・ナット・ハーンはそのことを教えてくれるのである。

トランスパーソナル心理学：諸富祥彦

トランスパーソナル心理学とは？　トランスパーソナル＝個を超えたつながり、それは自らの心や魂とのつながり。思想信条の違いや性差・人種の違いなどを超えた人と人とのつながり。集団や社会とのつながり。過去の世代や将来の世代とのつながり。あらゆる生きとし生けるものとのつながり。この母なる大地と大自然、地球生命圏とのつながり。そして私たちをその一部とし含むこの宇宙そのものとのつながり……。トランスパーソナル心理学では〝自分へのこだわり〟を捨ててこうした〝個を超えたつながりを生きよ〟と説く。

トランスパーソナル心理学では、すべての物事、とりわけ生命現象は本来〝ひとつ〟でありつながっていると考えます。たとえば目の前の花の命、草木の命、そしてあそこであくびをしている猫の命、私の命、私の赤ん坊の命……。これらは目には見えないけれど、つねにすでに働いている〝ひとつのいのちの働き〟の現れであり、すべてはつながっていて、しかもそれらがバラバラになったのではなく〝区別できる形〟で姿を現しているのだと考えるのです。

最近の生命論のブームの中でしばしば一人の人間の一生は30数億年続いている生命の進化の歴史の反復であり、したがってあなたの中には30数億年の生命進化の歴史がコンパクトに入っているのだと言われます。中村桂子さんが提唱する「生命誌絵巻」を見ると、地球上に生命体が誕生した約40億年の歴史が一望できる。この絵巻物を見ていると、アリとヒトが同じルーツから発生していることが分かり、同時にアリとヒトが違っていることが分かる。

即ち、アリとヒトの共通性と多様性の両方を表現した絵巻物になっているのである。そのポイントを握っているのがゲノム（DNA）である。ゲノムには各々の生物の歴史が刻まれている。例えば、私がいま持っているゲノムは両親から受け継いだものです。どんどん遡っていくと、ついには生命の起源に辿り着くのである。

これと同様の発見でケン・ウイルバーはさらに大きなスケールで一人の人間

の一生とは実は〝宇宙の進化の歴史の圧縮された再現〟であり、ここにこそ人間がこの宇宙この世界に生まれた意味があり、一人の人間の生死の本当の意味もあり、さらに人生の一瞬一瞬の意味もあるのだと言う。

トランスパーソナル心理学＝般若心経

究極の真実＝「完全なる空」に目覚めること

生きる悦びに満ちた子供たちの笑顔。朝目覚めたときの小鳥のさえずり。地平線に消えゆく夕日の美しさ。愛する人の優しさに触れた瞬間。こんがり焼けた1枚のトーストと1杯のコーヒー。これらすべてが実は、あの「究極の一者＝空」の顕現した姿であることを知った人は、人生のどんなちっぽけなことにも慈しみを感じ魂をこめて生きてゆくことができるようになります。この世界の溢れんばかりの豊かさ、多様さをそのまま祝福し、抱きしめることができるようになるのです。そしてそんなふうに毎日を生きることが、私たちの心の成長、魂の成熟にとってより大切な意味をもっているのです、

バートランド・ラッセルの幸福論

バートランド・ラッセルはイギリスの数学者・哲学者、ノーベル文学賞受賞者、ラッセル・アインシュタイン宣言の当事者……枚挙に暇がないほどの冠をもつラッセル。そのラッセルが『幸福論』を書いている。

「幸福な人とは客観的な生き方をし、自由な愛情と広い興味を持っている人である」とラッセルは言います。客観的な生き方とは、自己没頭するのではなく、興味を外に向けることだと説明し、興味とは本当にやりたいこと、知りたいことを言うのだそうです。

さらにラッセルは続けます。

「幸福な人は、自分は宇宙の市民だと感じ、宇宙が与える喜びを存分にエンジョイする。

また、自分のあとにくる子孫と自分は本当に別個な存在だとは感じないので、死を思って悩むこともない。このように生命の流れと深く本能的に結合しているところに最も大きな歓喜が見いだされるのである」

即ちラッセルが説く幸福は個人的なものではなく、あくまでも社会とのつながりにおいて成立するものなのである。宇宙の市民とはなんと非西洋的な表現ではないか！　東洋的と言った方が良い。私はこの言葉を聞いて直ぐにグレイトライフを思い浮かべました。宇宙の市民＝グレイトライフの子なのである。

般若心経の中に物質はひとつ、命はひとつという素粒子的世界観が提言されているが、まさに宇宙の市民と同じ考え方である。般若心経の中に「能除一切苦真実不虚」とあります。

どんな苦しみからも解放されますよと言っているのである。何故なら、肉体は滅びても「命」は宇宙の市民として、グレイトライフの子として永遠に生きるからです。

（『ラッセル幸福論』B・ラッセル、訳・安藤貞雄）

ユングの集合的無意識

ユングは「元型」（アーキタイプ）という「イメージパターン」というべき言葉を作りだしました。例えばふっくらした体型の女性をかたどった土偶に母親的なものを感じるのは「母親元型」が働くからで、同じく厳しく教え諭してくれる賢者のイメージは「父親元型」の表れです。こうしたイメージは人類の心の中で脈々と継承されてきたものとユングは考えました。その「元型」を生み出す元になっているものを彼は「集合的無意識」という言葉で表しました。この意識は我々の深層に属するもので、国や民族を超えて人類全体に共通して存在するものと考えられた。

こうした概念を思いついた最大の要因は「マンダラ」です。ユングはフロイトと袂を分かったとき、しきりに「円」を描いたと言います。マンダラとはサンスクリット語で「円」を意味する言葉でユングはそこに共通点を見出しました。形状はもちろんのことですが、「マンダラ」の意味する世界観が「集合的無意識」を生み出したのです。

私たちは人生の中で次のような不思議な経験をすることがあります。私と友人が喫茶店に座って共通の知人を話題にコーヒーを飲んでいます。すると、そこへ突然その知人が現れます。連絡も何もしていないのに全くの偶然です！こういう出来事をユングは「シンクロニシティ（共時性）」と名付けました。ユング自身も「共時性」を何度も体験しています。

ある女性の心理療法を行っていたとき、彼女が「黄金のコガネムシ（スカラベ）が現れる夢をみた」という話をしたそうです。この夢の意味を話している最中、二人がいた部屋の窓にコガネムシがぶつかってきたそうです。女性の患者はこの不思議な出来事をきっかけに合理的にしか考えられなかった自らの固定観念を解き放つことができたのです。

しかしユングはこれを単なる偶然とは考えなかった。ユングはこうした出来事にも「元型」の力が働いていると考えました。人類の心の深い部分で共通して存在する普遍的なイメージパターン、言い換えれば「深い部分では人や動物、植物もみんなつながっている」即ち「集合的無意識」に辿り着くのである。

宮澤賢治論

　宮澤賢治、享年37歳、妹トシ24歳、賢治の恋人大畠ヤス27歳、いずれも結核を病んでこの世を去っている。詩集『春と修羅』には賢治の二人に対する思いが切々と語られています。宮澤賢治はしばしば人類愛の巨匠のように評価されることがあるが、それはこの二人に向けた愛情、特に恋人への恋情を経験したからこそ、到達した境地であり、決して単なる聖人君子から生まれ出たものではないのだ。一人の人間を愛し尽くした先に万人への愛がある。いいえ、そこには自分をも通り越して全てのものとつながり、融け合う、純粋なる精神しかなかったのである。

　賢治が晩年まで書き続けた『銀河鉄道の夜』にはその思想があまねく描かれている。作家ロジャー・パルバースは『銀河鉄道の夜』の中で「賢治が一番伝えたかったことは、私とあなたは別々の存在ではなく、すべてのものはつな

がっているという考えなのだ」と言う。（P51）

パルバースはこうも言います。「賢治は自分（人間）という存在は自然界を形づくっている分子のひとつであり、宇宙をも含めたこの世の森羅万象は自分と一心同体であると考えていました。彼が自然界の中で人間存在をどのように考えていたのかについては詩集『春と修羅』序の冒頭の表現からもうかがい知ることができる」と。（P162）

その詩はこうだ！

「わたくしといふ現象は仮定された有機交流電燈のひとつの青い照明です（あらゆる透明な幽霊の複合体）風景やみんなといっしょにせはしくせはしく明滅しながらいかにもたしかにともりつづける。因果交流電燈のひとつの青い照明です。（ひかりはたもち　その電燈は失はれ）」

賢治は電燈にまでなってしまうのだ。賢治の小説には、人も動物も山も川も人工物だって同じ生命を宿す生き物として登場する。賢治が恋人を想像して書いた『シグナルとシグナレス』も信号機が人になっています。

パルバースはさらに続けます。

「たとえばあなたが僕と握手していると想像してみてください。こうやって手を握っていても皮膚一枚で僕とあなたは隔てられているわけですが、そう思うのは『自分は自分であり、あなたは自分ではない』と思い込んでいるからです。賢治のように『人間も自然もこの世を形成している分子のひとつである』と考えれば、あなたの手は私であり、私の手はあなたである。さらには『私はあなたであり、あなたは私である』という意識が生まれてくるはずです。これは単なる言葉遊びではありません。その意識を人間だけでなく、自然物すべてに拡大していけば、森の木も自分だし、石ころだって自分の一部ということになる。分子や原子というのは、お互いに結びついて事物を形成しているわけですから、結局、この世に存在するものは、すべてつながっているということになるのです」（P64）

パルバースは賢治の仏教面からのアプローチもしている。

「森羅万象のつながりを表現するものとして、仏教では『インドラの網』

という言葉があります。賢治の『すべてがつながっている』という考え方は、もともとこのインドラの網が基本となっていると考えてよいでしょう。『インドラ』とは日本でいう帝釈天のことですが、帝釈天の宮殿にかかっているとされる網のことを『インドラの網』と呼んでいます。

その結び目には、それぞれ宝珠が編みこまれていて、それらが無数につながり合って網全体が形成されています。そして結ぶ目の宝珠を映し出し、その関係が複雑かつ無限に続いているのです」（P64）

「単に『インドラの網の結び目には宝珠が無数にあって互いにつながりあっている』と聞かされても、おそらく一般にはその事実がよく理解できないでしょう。しかし、人間も森も風も水も土も……ありとあらゆるものが自然界を作っているひとつの分子であると説明されると、すんなりと理解できてしまいます。さらには、人間がただの分子の集まりが分離と結合を繰り返しながら永遠に存在しつづけると考えると、時間という概念もおのずと無意味になります。私はあなたであり、あなたは私であるとともに、何万年も以前に存在していたであろう誰かであり、これから未来に生まれる誰かである」（P66）

私は『銀河鉄道の夜』の続きを誠に蛇足ながら考えたことがある。カンパネルラと一緒に銀河を旅したジョバンニ（賢治）は、カンパネルラを宇宙にぽっかりあいた黒い大きな穴にのみこまれて失う。私はこの黒い大きな穴は〝ブラックホール〟だと思います。やがてカンパネルラは肉体を失い魂（意識）となり、ブラックホールの中をすり抜けて向こう側の世界の入り口、即ちホワイトホールへと向かうのである。向こう側の世界、あの世と呼んでもいいが少し違う。私は敢えて「グレイトライフ」と呼びたい。宇宙物理学的に言うと（?）パラレルワールドと呼んでも良い。そこに到達する。「向こう側」では全てが溶け合い分別することはできません。混然一体となっているからです。おそらく賢治は自らも、その橋を渡ったときに初めて、妹トシや恋人ヤス、そして彼を取り巻いた全ての人物、動植物、人工物 etc と視覚ではなく、意識として云わば自分の身体の一部として知覚することでしょう。

（『英語で読む銀河鉄道の夜』宮沢賢治、訳・R・パルバース）

金子みすゞの詩

私は金子みすゞの詩が好きです。ことに「わたしと小鳥と鈴と」は気に入っています。

私は両手をひろげても、
お空はちっとも飛べないが
飛べる小鳥は私のように
地面《じべた》を速くは走れない

私がからだをゆすっても
きれいな音は出ないけど、
あの鳴る鈴は私のように
たくさん唄は知らないよ。

鈴と、小鳥と、それから私、
みんなちがって、みんないい。

私も小鳥も鈴も等しい価値を認めています。みんな特徴を備えて生きていて、それはどちらかが優れていて、どちらかが劣っているとは言えないのです。すべて各々個性的な役割を持ち輝いているのです。私が考える「グレイトライフ」に通じるものがあります。普通の人間であれば人と人の相異はないと感じるとは思いますが、金子みすゞは人と物を同列に扱っているところが秀でているところなのです。賢治も然り！

（『金子みすゞ童謡集』）

「敬天愛人《けいてんあいじん》」について

2018年のNHK大河ドラマは『西郷《せご》どん』。もちろん、西郷隆盛を描いた林真理子原作のドラマです。批判も多かったようですが、鈴木亮平の演技は光るものがありました。

その西郷が好んで使った言葉が「敬天愛人」です。この言葉は、西郷を慕う旧庄内藩の人々が編集した『南洲翁遺訓』の中に出てきます。その第24にこうあります。

「道は天地自然の物にして、人はこれを行うものなれば、天を敬するを目的とす。天は我も同一に愛し給うゆえ、我を愛する心を以て人を愛する也」

「道というのはこの天地のおのずからなるものであり、人はこれにのっとって行うべきものであるから何よりもまず、天を敬うことを目的とすべきである。天は他人も自分も平等に愛したもうから、自分を愛する心をもって人を愛することが肝要である。」（西郷南洲顕彰会発行『南洲翁遺訓』より）

この「敬天愛人」の精神は西郷の苦い体験から生まれたものである。西郷は、1858年「将軍継承問題」で井伊大老と立場を異にする一橋派と結託した僧・月照と鹿児島湾の錦江湾に投身自殺を企てます。しかしながら、月照だけが死に西郷は一命をとりとめます。そのことに悩み苦しんだ西郷が最後にたどり着いた心境が「こうして自分一人が生き残ったのは、まだ自分にやり残した使命がある。だからこそ、天によって命を助けられたのだ」というものです。

太平洋戦争で奇跡的に生還した人々が、おしなべて自分だけが生き残ったという虚無感に苛まれたというが、この西郷の言葉を是非聞かせてあげたかったと思います。

私は「天」を「グレイトライフ」と読み解きます。人間は（人間だけでなく、すべての生物）皆、グレイトライフから生まれ出でて各々役割を申し付けられ、この世に出現します。その役割は千差万別、上下の貴賤はなく、万物平等である。果たしたのちは、それぞれグレイトライフに還り復活を待つ。だから同胞の間で憎しみ合ったり、争い合ったりするなどもっての外。天に唾するが如く、自らを蔑み虐げているのと同じことなのであると。

弘法大師の密教

弘法大師が書かれた『三教指帰』の中に次のような一節がある。仮名乞児（空海）が虚亡隠士に向かって言う場面。

「仮名、大きに笑って曰く『三界は家無し。六趣は不定なり。或るときは天堂を国と為し、或るときは地獄を家と為す。或いは汝の妻孥たり、或いは汝の父母たり。有るときは波旬を師と為し、有るときは外道を友と為す。餓鬼禽獣は皆是吾と汝の父母、妻孥なり。始より今に至るまで曾て端首無し。今より至る何ぞ定数有らむ。環の如くにして四生に擾擾たり。輪に似て大道に轟たり。汝の髪は雪の如くなれども、未だ必ずしも兄たらず。吾が髪は雲の如くなれども弟に非ず。是れ汝と吾と無始より来更生れ代る死して転変無常なり』」

私はこの中の「私はあなたの妻であり、父母である」に衝撃を受けました。

司馬遼太郎は弘法大師の雄大な思想の根幹に長安での体験を重視する。「国家や民族という瑣々たる特殊性から抜け出し、人間を人種で見ず、風俗で見ず、階級で見ず、単に人間という普遍性としてのみとらえたのは、この長安で感じた実感と無縁でないのは相違ない」と言います。

『三教指帰』は唐に渡る前に書かれているので、長安での体験は更にその思想を強固なものにさせたように思われる。

自分と他人を分けない。自己と他者を分けない。現代の量子物理学で解明されたすべての物質が素粒子から成り立っていることをまるで知っていたかのような弘法大師の言葉。

現在に伝わる「阿字観」は、その真理を悟るための修行の一つである。「あ」という大日如来を表す梵字をみつめ、自らを大日如来と一体化する修行。

私は以前、うちの会社の顧問をして頂いていた西谷氏から聞いたことがある。西谷氏は戦時中、予科練に行き、そこで飛行機の操縦をしていたそうで、その時慣れてくると、飛行機と自分の身体が一体になるのを感じたそうです。右手が右翼に、左手が左翼にピーンと張りつめた緊張感を持って感じたそうです。

そのように人と大日如来（宇宙）を鍛錬を重ねることによって一体化できる

ようになるのです。

ところで、私が弘法大師と出会ったのは何時のことだろう？

元々、中岡家には「お大師様」の家宝がある。空襲で位牌と間違って父親が持ち出した風呂敷包みの中にあったのが「お大師様」の置物だったのです。父親はそのおかげで助かり、父を虐げていた継母は亡くなった。この逸話を私は子供の時から聞かされており、仏壇の中のお大師様の置物をいつも見るにつけ、有難いと思って手を合わせていた。

そんな程度の関わりから更に密接になったのは、お大師様の奇跡的な生涯を知り、お大師様が中国（唐）から招来した「密教」との出会いがあったからです。密教は私にとって眼からウロコの完璧な思想でした。宇宙の真理は正にこれだ！

すう～と身体中にしみ込んだのです。そんな折、読んだのが司馬遼太郎の『空海の風景』である。ちょうど私はその時36才、突発性難聴を患い、ろうさい病院に入院していた頃です。司馬さんのそれまでのイメージは大衆小説家というものでしたが、この小説を読んで以来、その知性の奥深さに敬意をはらうようになったぐらいです。司馬さんはこの中で密教の本尊大日如来について素晴らしい記述をされています。

「おそらく人類がもった虚構のなかで、大日如来ほど思想的に完璧なものは他にないであろう。大日如来は、無限なる宇宙のすべてにあるとともに、宇宙に内在するすべてのものに内在していると説かれるのである。太陽にも内在し、昆虫にも内在し、舞いあがる塵のひとつひとつにも内在し、あらゆるものに内在しつつ、しかも同時に宇宙のあまねくみちみちている超越者」

手塚治虫論

手塚治虫と言えば私が子供のころから見ていたＴＶアニメ『鉄腕アトム』や『ワンダースリー』、『リボンの騎士』など少年少女向けの作品をすぐに思い浮かべるが、手塚治虫の本当の凄さを知ったのは24才くらいの時、当時お付き合いしていた彼女から教えてもらった『きりひと讃歌』である。子供の頃、よみあさった漫画ですが、大人になるにつれ全く読まなくなっていた私に是非この作品だけは読んで欲しいと言われた作品なのです。

『きりひと讃歌』は、１９７０年~７１年にかけて連載された医療漫画である。人間の尊厳をテーマにした重厚なストーリーで、医学界における権力闘争を描いた社会派作品である。「モンモウ病」という奇病にまず衝撃を受けた。主人公の小山内がその病に罹患しながらも、様々な女性に助けられ運命を切り開いていく姿がとても悲しく、かつ勇気づけられるものであった。私が漫画を読んで初めて涙した作品ではないだろうか！　その彼女とは1年足らずで別れることとなったが、その作品の素晴らしさは彼女の人間性を賞賛する証しとなったとしても、決して愚痴や恨みの対象となるものではなかった。

後年、私は手塚の『火の鳥』と出会うことになる。全13巻、長編である。手塚はこの作品の中で「火の鳥」を「永遠の命」として描いている。様々な時代の人間が「火の鳥」を捕獲しようとするが、尽く失敗。あるときとうとう「火の鳥」は捕まって殺されてしまうが、また蘇生して飛び去ってしまう。いつの時代の人間も「火の鳥」が実は自分の中に住んでいることを知らなかったのである。「永遠の命」とは皮肉なことに自分を消し去ることでしか手に入れることが出来なかったのである。

手塚は「火の鳥」に語らせています。

「火の鳥は地球の分身。地球は生きている。生きものなのですよ。私は地球の体の一部なのです。動ける細胞みたいなもの。星はみんな生きているのですわ。もちろん生きているといったってあなたがたの考えている生き物とは異質なものです。これは宇宙生命（コスモゾーン）なのですわ。宇宙生命もあなたがたのように病気になります。そしてひからびて死んでいくのです。ほんとうなら、ずっと長く生きられるのに……いまはもう人間もけものも虫も植物も区別はない！　生きものという大きな兄弟みたいなものだ。そうだ生物兄弟だ」

手塚はまた著書『ガラスの地球を救え』の中でこう述べている。

「ぼくたちは日ごろ、自分のみの力で生きていると思いこんでいますが、この大宇宙に満たされた目に見えないエネルギーが、ぼくたちを生かしてくれているという気がしてなりません。この途方もない永劫を生きる宇宙生命の一粒が人類なのです。ちっぽけかもしれないが、極小から極大まで宇宙全体とつながっている、呼応していると思うと、どこかホッとするような安心感は湧いてきませんか。」（Ｐ154）

「もし、輪廻というものがあるなら、ぼくの来世はミジンコかもしれないし、それこそオサムシかもしれません。そう思うと、どんな生き物も同じ重さに思えてくるのです。それに、もう二度と人間には生まれてこないかもしれない。虫には虫の、鳥には鳥の、そして人間には人間のもっともふさわしい生き方があるはずです。」（Ｐ186）

釈迦の手のひら

「西遊記」の中の有名な話。天界で暴れまわっている悟空に釈迦が「私の右の手のひらからあなたが飛び出すことができれば、私が玉帝に天界を譲り渡すよう、話をつけましょう。どうですか？」と言います。それを聞いた悟空は「そんな簡単なのか？　俺をバカにするな！　一尺足らずの手のひらなんて朝飯前よ。」と一飛び10万８０００里の筋斗雲に飛び乗って世界の端を目指します。しばらくすると雲の間に５本の柱が見えてきました。悟空はここが行き止まりと思い、真ん中の柱に「斉天大聖」と書き、ついでに放尿していく。

満面の笑みをたたえて戻ってくると、悟空は「俺さまは今、世界の端まで行ってきた。しかもそこにあった柱に斉天大聖と書いてきた」と言い放ちます。すると釈迦は「私の手のひらをよくご覧なさい」と言います。手のひらには悟空が書いた「斉天大聖」の文字と放尿の湯気がまだたっていたのです。

私はこの話を子供の頃はただの面白いエピソードとして読んでいましたが、よく考えてみると釈迦の手のひらは大日如来そのものなんです。私たちは普段は目に見える世界で生きていますが、実際には「不生不滅　不増不減」の大日如来の中でも生きているのです。時間も空間も融けあった世界では筋斗雲も無力です。

『大きな森のおばあちゃん』

天外伺朗さんの『大きな森のおばあちゃん』をいったい何人の人に進呈したであろう？

優に100人は超えている。『大きな森のおばあちゃん』は明窓出版から発行されているが、ずいぶん売り上げに貢献していると思う。

この話は小象のエレナがおばあちゃん象から、象の一生の最期にはたらふく食べて土に還り、やがては森となって甦るという事を身を以て教わる話です。作者の天外さんは、この話のヒントを『ガイアシンフォニー』で有名な龍村監督から聞いた実話だと言っています。

「旱魃の危機に直面した象たちが、長い旅のすえ、ようやく緑の森にたどりつきます。人間たちは、大勢の象たちが森を食べ尽くして、やがて全員餓死してしまう、と心配します。ところが、年寄りから自主的に死んで行き、森は保たれました。何年かたつと、何百頭もの象の死体から森は大きく再生しました。

　植物を食べる象が、果物の種を遠くに運び、死体が地面の栄養になって、森が大きく再生する——地球は、そういう偉大な生命の循環システムになっているというのがひとつのテーマです。また、人間が浅はかな知恵を振り回して間引きなどしなくても、すべてがうまくいくような宇宙のはからいがあり、象たちがそれを知っている、というのがもうひとつのテーマです。」（『大きな森のおばあちゃん』むすび）

私はことにおばあちゃんとエレナのこのやりとりにくぎ付けになりました。

「結局ね。すべての命は順ぐりにつながっているんだよ。草や木の葉っぱを食べる動物の体は、ほかの動物や土の栄養になるし、土の栄養は木や草を育てるから、それを食べて、象も、ほかの動物も生きていけるのさ」

「おばあちゃん、わかったよ。生き物の命は、動物もしょくぶつも、ぜんぶぐるぐる回っているんだ」


『大きな森のおばあちゃん』は私の心のバイブルです！

道元の教え

曹洞宗の開祖道元は著書『正法眼蔵』の中で自らの哲学の理論と実践を説いている。

道元は仏性について「一切衆生　悉有仏性」という。一切は衆生であり、全宇宙が仏性だと説く。噛み砕いて言えば、赤ん坊は大人にならずとも、赤ん坊としての仏性を持っており、おたまじゃくしはカエルにならずとも、おたまじゃくしの仏性を持っているのである。道元は「現成公案」の中で薪と灰の例をあげて説明している。

「薪は燃えて灰となるが、もう一度もとに戻って薪になるわけではない。知るべきである。薪は薪としてのあり方において、先があり後がある。前後があるといっても、その前後は断ち切れていて、あるのは現在ばかりである。灰は灰のあり方において、後があり先がある。薪が灰となった後、再び薪とならないように、人は死んだあと、再び生とならない」

（ひろさちや現代語訳）

という。薪は薪としての仏性があり、灰は灰としての仏性があるということなのである。またこのことは彼の時間論に関係する。道元は過去も未来もないと断じ、あるのは現在のみだという。薪は燃えて時間がたって灰になったのではなく、あくまでも薪は薪、灰は灰というのである。この認識は道元の実践論にもつながり、現在をしっかり生きなさいという教えに通じる。

道元が最も言いたいことが同じく「現成公案」の中に書かれている。

「仏道をならうことは　自己をならうことだ
自己をならうことは　自己を忘れることだ
自己を忘れるとは　宇宙の真理に目覚めさせられることだ
宇宙の真理に目覚めさせられるとは　自分の身心と他人の身心を脱落させることだ」（ひろさちや現代語訳）

「身心脱落」という言葉に凝縮させられる。即ち、自分も他人もない同じだという考えが大事だと言うのである。

道元は実践論として「菩提薩埵四摂法《ぼだいさったししょうほう》」をあげている。

その4つの徳目とは①布施、②愛語、③利行、④同事である。布施は施すのではなく、自らむさぼらず他人にへつらわないことであり、愛語は相手にお追従を言うのではなく、自愛を持って相手をそのまま肯定（受容）することであり、利行は、自分と他人の利益を同じと考え、同事も自分と他人を同じ人間だと考えることなのだ。

彼はまた、修行について座禅をくんでいる時だけでなく、生活のすべて（作務）が禅であると言っている。道元の思想は一貫して分別しない。ものの存在においても、また人の行動においても。つきつめて言えば、人は宇宙（仏性）の一部なのだから、みんなのことを考え、その瞬間瞬間をしっかり生きることが大切だと言っているのである。

南方マンダラ

南方熊楠が描いた幼児が書きなぐったような一枚の絵がある。世に「南方曼荼羅」と呼ばれるものである。命名者は鶴見和子さん。鶴見さんの話によると本当の命名者はインド哲学者の中村元さんだそうです。南方の絵を中村先生に見せたら直ぐに「これは南方マンダラだね」とおっしゃったとか。その絵は脳のような形をして曲線が縦横無尽に走っている。

南方家は高野山真言宗の信徒である。だから熊楠も幼少の頃より真言密教について学ぶところがあった。「金剛界曼荼羅」や「胎蔵界曼荼羅」は早くから見て知っていて、自分独自の曼荼羅を描きたいとずっと温めていたのであろう。その結末が「南方曼荼羅」です。

無造作にひかれた曲線は謎めいている。一体、何を表現しようとしたのか？熊楠は森羅万象を五つの「不思議」に分類した。それは華厳経の四法界に似たるものである。まず、物不思議と心不思議。物不思議とは物理学などにより知覚できる領域のこと。心不思議は心理学などにより、知覚できる領域のこと。そして両者の交わる世界が事不思議である。次に「理不思議」これは「自他不鮮明な物」に居ながらもまだ何とか自己を保っている領域。そこは、「全体的な意志」のようなもの＝「生命そのものからの力」が最も全面に押し出されながらも「個」がかろうじて保たれている「特殊な場」なのだ。「理不思議」は「第六感」の領域と言い換えることもできる。最後に「大不思議」これは「心」と「物」が溶け合って区別できない世界であり、「根源的な場所」あるいは「生命そのもの」とも言われる。即ち、「大不思議」＝「大日如来」なのである。熊楠は言う。「万物悉く大日より出、諸力悉く大日より出ること第二以下の状にて見られる。万物みな大日に帰り得る見込みあり、万物自ら知らざるなり」（１９０２年３月26日付　土宜法龍宛）

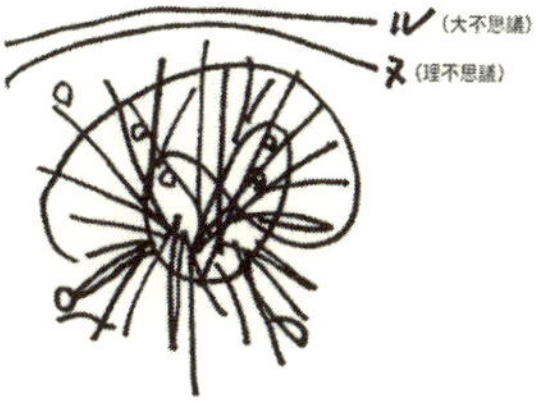

余談になるが、ネアンデルタール人が残したハッシュタグが熊楠の曼荼羅に似ていることに最近気づいた。その遺跡は、イギリス領ジブラルタルのゴーラム洞窟にある。研究者の間では星座だとか、地図だとか、あるいは生きた証しなのではないかと論争されている。

その石に刻まれた線とはこんなものである！

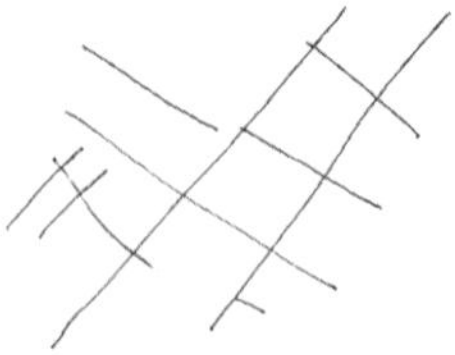

数千年前に残されたサインは想像の域を出るものではないであろう。20世紀の熊楠のサインでさえ、熊楠の説明が残っているから、我々にも理解できるものの、もし何の説明も残していなかったら、我々にとって、熊楠の曼荼羅もネアンデルタール人のハッシュタグと何らかかわることがなかったと思う。

般若心経解題

276文字の「般若心経」を本格的に知ったのは、やはり天外伺朗氏の『般若心経の科学』を読んでからである。それまでは悪霊を追い払う有難いお経ぐらいにしか認識していなかったので、天外さんのユニークで深い洞察は感銘を受けました。先ずは天外さんの解釈から紹介してみよう。

「全知者である覚った人に礼したてまつる。求道者にして聖なる観音は、深淵な知恵の完成を実践していたときに、存在するものには5つの構成要素があると見きわめた。しかも、かれは、これらの構成要素がその本性からいうと、実態のないものであると見抜いたのであった。そして一切の苦厄を超越した。舎利子よ、この世においては、物質的現実には実体がないのであり、実体がないからこそ、物質的現象であり得るのである。実体がないといっても、それは物質的現象を離れてはいない。また、物質的現象は実体がないことを離れて物質的現象であるのではない。このようにしておよそ物質的現象というものは、すべて、実体がないことである。

およそ実体がないということは物質的現象なのである。これと同じように、感覚も、表象も、意志も、知識もすべて実体がないのである。

舎利子よ、この世においては、すべての存在するものには実体がないという特性がある。生じたということもなく、滅したということもなく、汚れるものでもなく、汚れを離れたものでもなく、減ることもなく、増すということもない。

実体がないという空の立場においては、物質的現象もなく、感覚もなく、表象もなく、意志もなく、知識もない。眼もなく、耳もなく、鼻もなく、舌もなく、身体もなく、心もなく、かたちもなく、声もなく、香もなく、味もなく、触れられる対象もなく、心の対象もない。眼の領域から意識の領域にいたるまで、ことごとくないのである。

さとりもなければ、迷いもなく、さとりがなくなることもなければ、迷いがなくなることもない。こうして、ついに老いもなく死もなく、老いと死がなくなることもないというにいたるのである。苦しみも、苦しみの原因も、苦しみを制することも、苦しみを制する道もない。知ることもなく、得るところもない。得るということがないから、諸々の求道者の智恵の完成に安んじて人は心をおおわれることなく住している。心をおおうものがないから、恐れがなく、転倒した心を遠く離れて、永遠の平安に入っているのである。過去・現在・未来の三世にいます目覚めた人々は、すべて智恵の完成に安んじて、この上ない正しい目覚めを覚り得られた。

それゆえに人は知るべきである。智恵の完成の大いなる真言、大いなるさとりの真言、無上の真言、無比の真言はすべての苦しみを鎮めるものであり、偽りがないから真実であると。

その真言は、智恵の完成において次のように説かれた。

『ぎゃあてい　ぎゃあてい　はらぎゃあてい　はらそうぎゃあてい　ぼうじそわか　ここに智恵の完成の心を終わる』

般若心経を読んではじめて「空」を知り、「空」とは何かを知る手がかりとなりました。

最初は、「空しい」とか「空っぽ」のようにマイナスイメージの言葉としか受け止めてなかったのが、天外さんの解説により、般若心経の中の「空」とはプラスイメージで、もっと深遠な、神的な言葉に響いてきたのである。

天外さんは言います。「この世」＝色、「あの世」＝空だと。「この世」とは我々が生活するこの世界のことをいい、「あの世」とは所謂、私たちが常識的に理解している、人が死んでから行く世界のことを言ってるのではなく、自他の区別のない、時間も空間もない、すべてのものが一つに呑み込まれている世界のことを言うのである。

天外さんがテレビと電波にたとえて、とても分かりやすく解説されます。つまりこうです。

我々が生活している世界をテレビ画面にたとえると、「あの世」とは、その電波にあたるというのです。テレビ画面は眼に見える世界です。それに反して電波は見えない世界。本当に存在するのかどうか疑わしくさえ思います。しかし、間違いなく存在しているのです。テレビ画面に映し出される人や木や犬や雲や花……すべてのものが電波の中にたたみ込まれているのです。否、それだけではありません。意識や感覚までもがたたみ込まれているのです。

「たたみ込み」という言葉が理解しにくいかもしれません。元々、数学の用語らしいのですが、天外さんはこんなたとえ話をしています。〝ミルク〟と〝コーヒー〟別々の容器に入っている場合、全く違う液体です。ところが、この2つの液体をミックスすると、〝コーヒー牛乳〟という新たな液体に変化する。どこからどこまでミルクで、どこからどこまでがコーヒーかなんて分からない。混然一体となっているからである。このコーヒー牛乳のイメージが「あの世」なのです。

般若心経は日本では法相宗、天台宗、真言宗、禅宗が使用し、各々宗派独自の解釈を行っている。四国八十八カ所や西国三十三カ所の巡拝などでも必ず般若心経は唱えられる。しかし、唱えている一体何人の人がその意味を理解しているのだろう？　もちろん、その深い意味など理解しなくとも良い訳だが、やはり先哲の真の思いを探り理解したいし、理解しなければならないと思う。その宿すところの深遠なる真実を理解し、唱和すればパーフェクトなのである。

即身成仏について

「即身成仏」というとわれわれ民草は「修行や徳を積み重ねれば私たちのような人間でも仏の境地になれるんだ」と解釈するでしょうね。まさか「直ぐにお陀仏する」なんて解釈する人はいないと思います。「即身成仏」という言葉は弘法大師が創られたものです。その真意はどうだったのでしょう?

高野山大学名誉教授の武内孝義氏は従来の多くの解釈書が「即身成仏」を「この身このままで仏になることができる」と説明しているが、それは誤りだと指摘している。「仏になる」ということは〝仏ではないものが仏になる〟〝仏ではないものから仏になる〟と解釈されているからだと説く。お大師様が書かれた『即身成仏義』の本質を語っている二頌八句からなる「即身成仏の偈頌」を紐解いてみよう。

六大無礙にして常に瑜伽なり

四種曼荼各離れず
三密加持すれば速疾に顕る
重々帝網なるを即身と名づく
法然に薩般若を具足して
心数心王刹塵に過ぎたり
各五智無際智を具す
円鏡力の故に実覚智なり

前半4句は「われわれ凡夫といえども、この宇宙そのものを仏とみなした大日如来、この宇宙の根源である大日如来と物質的・精神的に同じものをそなえもった存在」であることを示し、後半の4句は「われわれはその大日如来と同じ心同じ智恵、同じ生命をもつ存在、精神的にも同じものをそなえもっている存在」であることを示しています。即ち、われわれがそのことを意識する、しないにかかわらず、われわれは生まれながらに大日如来と物質的にも精神的にも同じものをそなえもっているのである。

武内先生は言います。「あなたたちは大日如来と同じ素晴らしい生命をいただいています。そのことに早く気づきなさい。そうして常に『仏と同じである』と心に憶持し記憶して、仏としての生き方をしなさい。そうすれば、本来の私に帰ることができる。本当の私にめざめることができる。」

武内先生の「即身成仏」の解釈は、本来的に仏と同じである「わたくし」に気づき、その本来の「わたくし」・仏である私に完全に帰ること、なりきることだということなのです。

（空海研究第5号　記念講演「空海の人間観」）

木内鶴彦氏について

木内鶴彦氏は今では彗星研究者の第一人者として有名であるが、１９７６年22歳のとき、茨城県にある自衛隊百里基地でディスパッチャー（運行管理者）をされていたとき、突然倒れ、意識が肉体から離脱、所謂「臨死体験」なるものを経験された。肉体は死んでいるのに何故か意識ははっきりしていたそうです。それまでは一般の人と同様、人は死んだらすべて終わり消滅するものと思っていたが、実際には目の前の光景がそのまま見えていて「今ここにいる！」それが死後の世界だったそうです。そして常にもやもやとした「膨大な意識」と呼ぶしかないような存在に気づき、それはどこか懐かしい、ふるさとのような感覚に陥ったそうです。人はここから生まれて、ここに還るんじゃないか⁉

この意識に包まれると、太陽系、地球、人間、動植物、すべての生き物、生命体の誕生からその終焉までのすべての膨大な情報が自分のものになった気がしたそうです。

「膨大な意識」というのは塊があるのではなく、空間全体が膨大な意識で満ちていて空間が自分自身でもある、かろうじて個の意識を保っていたが意識そのものが空間、つまりは「すべてが自分」という感覚だったと木内氏は書かれています。

この「膨大な意識」のことをある先人は「宇宙の図書館」と呼んでいるそうです。もちろんこれを「神」や「創造主」と呼ぶ方もいます。木内氏はこの膨大な意識こそがこの宇宙を創造しコントロールしているように感じられると言います。肉体は朽ち果てても、意識は途切れることなく、時空を超えて常に存在している。つまり死ぬことで人は膨大な意識の一部となり、私という個の意識がその中でデータとして存在し続けるのではないかと言うのです。木内氏はすべてが一つというのはこのことであるといい、自分は宇宙そのものなんだと結論づけます。

（『宇宙を超える地球人の使命と可能性』木内鶴彦、ロングセラーズ）

老子の道

老子の云う「道」とは道路の道ではもちろんなく、武士道とかいう道でもありません。老子は「道」の本質をこう言います。

『物有り混成し、天地に先だちて生ず。寂たり寥たり、独立して改まらず。同行して殆《やす》まず。以て天下の母と為す可し』

「何かが混沌として運動しながら天地よりも先に誕生した。それはひっそりとして形もなく、ひとり立ちしていて何物にも依存せず、あまねくめぐりわたって休むことなく、この世界の母ともいうべきもの」（湯浅邦弘訳）

天地よりも先んじ、この世界の母。「道《タオ》」なのである。老子はこれを決して「神」とは言わず、こう続けるのである。

『吾れ、其の名を知らず、之に字して道と曰い、強いて之が名を為して大と曰う。大なれば日に逝《こと》き、逝けば日に遠く、遠ければ日に反る』

「わたしはその名を知らない。かりに字をつけて道と呼び、むりに名をこしらえて大と言おう。大であるとどこまでも動いていき、どこまでも動いてゆくと遠くなり、遠くになるとまた元に返ってくる」

老子は無から有を生むと言います。即ち『天下の物は有より生じ、有は無より生ず』と。といっても「無」というのは一般的な何もないという「無」ではなく、全てを包含する存在という意味の「無」である。これ即ち「無」と名付けるのである。

大日如来にそっくりではないか！
私が唱える「グレイトライフ」にそっくりではないか！

第二章

ショルティの言葉

「モーツァルトに出会ってから神を信じるようになった」

ハンガリー出身の指揮者ゲオルク・ショルティ（1912〜1997）がこんな言葉を残している。神とは？　もちろんショルティにとって神とはキリスト教における神であろう。欧米人でも映画『ノマドランド』で3度目のオスカーを受賞したフランシス・マクドーマンドは「キリスト教の神は信じないが、大いなる力は信じる」と言う。彼女が『ノマドランド』で大樹を抱擁するシーンや『スリービルボード』で裏返ってにっちもさっちもいかず、もがいている虫を助けてやるシーンにその信念が現れていた。

それにしてもショルティの言葉は素晴らしい！　モーツァルトの音楽は神の世界へ誘うということだ。こんな体験をすれば、極端に言えば「いつ死んでもいい」と思えるだろう。では私にとってモーツァルトに当たるのは何か？　それは密教の教えである。それこそが私を神ならぬグレイトライフ（大いなる命）に導いたのである。それに気づいたときの得も言われぬ幸福感は今でも忘れられない。

人は何かに出会わなければならない。そして「神」を信じられるようにならなければいけない。なんでも良いのだ。形のあるもの、形の無いもの。形のあるもの。例えば、山や川、花や樹木に代表される自然、仏像や建築物などの人工物、人そのもの。形の無いもの。例えば芸術。絵画、彫刻、書、詩、音楽。皆さん、絵画や彫刻、書、詩は形があるじゃないかと言われるでしょう。しかし考えてみてください。絵画にしても彫刻にしても書にしても詩にしても視覚を通して感動するわけだが、私たちは見えているその姿というより奥に潜む「神」を感じて心ときめくのです。音楽は形の無い最たるものだ。もう一つ形の無い代表をあげてみたい。それは人の「優しさ」です。優しさは「人情」「愛」「誠意」と言い換えても良い。いつだったか私が運転中に身体のご不自由な方が信号の無い横断歩道で待っておられました。私が停車するとその方は横断歩道を渡り切って立ち止まり、こちらを向いて最敬礼してくれたことがありました。たぶんその時、二つの音叉はビンビン共鳴していたと思う。こんな体験をすれば間違いなく「グレイトライフ」を信じられるようになります。

トルストイの『戦争と平和』について

皆さんはトルストイの『戦争と平和』を読んだことがあるでしょうか？
大抵の人はNOでしょう。ネームヴァリューほどに読まれていないのが現状ではないでしょうか！　とにかく長編すぎます。読破するには熱意と根気が必要です。かく言う私も大学生の時に一度読んだきりです。それも卒論のためにトルストイの歴史哲学の記述部分に興味があっただけで、５００人を超す登場人物が織りなす大ロマン物語には余り関心がなかったのが本音のところです。

この度NHKの「１００分DE名著」で「戦争と平和」に再会し、改めてこの小説の偉大さを知ることになりました。その中の今の私が一番魅かれる一節を紹介しよう！

主人公の一人ピエールがフランス軍の捕虜から解放されて、焚火のそばで眠りにつき夢をみます。

もうとっくに忘れていた、スイスで地理を教えてくれた穏和な老教師が、生きている人のように、ピエールの目に浮かんで見えた。「待ちたまえ」と老教師は言った。そしてピエールに地球儀を指さした。その地球儀は一定の大きさを持たぬ、揺れ動く生きた球体だった。

球体の表面はすべて、たがいに凝縮した水滴から成っていた。そしてその水滴はみな動き移動して、いくつかの水滴がひとつの水滴に融けあったり、ひとつの水滴がたくさんの水滴に分裂したりしていた。水滴はみなそれぞれ溢れひろがって、なるべく大きな空間を占領しようとするのだが、ほかの水滴もおなじことをしようとしてその水滴を押しのけて、ときにはそれをつぶしてしまい、ときにはそれと融けあってしまうのだった。

「これが人生なんだよ」と老教師は言った。

……

「中央に神がいて、水滴がめいめい懸命に伸びひろがって、なるべく大きく神を映し出そうとしているのだ。そして表面で大きくなったり、融けあったり、収縮したり、消滅したり、奥底へ消え去ったり、また浮かびあがってきたりしている。ほら、これがカラターエフだ、ほら、広がって消えてしまったろう。わかったかね、君」と教師が言った。

水滴は人と読み替えても良い。あるいは家族、集団、国家と読み替えても良い。ピエールがフランス軍の捕虜になったとき救ってくれたのがカラターエフ。ロシアの大地のような人間であった。カラターエフという水滴は消えるがピエールという水滴に包摂される。こうして命と命はつながっていき、永遠の生命へと還っていく。小さな水滴が無数に集合すると国家という大きな水滴となり、隣の大きな水滴とぶつかり合う。これが戦争と言えるかもしれない。ピエール、カラターエフ、アンドレイ、ナターシャすべての人を呑み込んでいく戦争。この水滴の動態こそ歴史であるとトルストイは言いたかったのであろう。どんな小さな命、存在であっても全体を形成する一部となり、それが無ければ全体が存在しえない存在なのである。だからどんな人々も、いいえ、どんな生命も生きる価値のある存在なのである。

（『戦争と平和』トルストイ、訳・北垣信行）

私はフェデリコ・フェリーニの『道』の1場面を思い出す。

主人公のジェルソミーナがサーカス団の役者から、夜たき火を囲みながら、自らの愚かさ、無能さ、生きている意味のなさを嘆いていると、「ほら、この石を見てご覧！　この石にだって存在する意味があるんだ。ただ居るだけで、在るだけで、それだけで意味があるんだ。そうやってみんないろんな役割を担ってこの世に生まれてきたんだ。だから君にも生きている価値があるんだ。君が居るだけで意味があるんだ」とアドバイスをするシーンなのである。

パラレルワールド

最近、世界のことがおぼろげながら見えてきたような気がする。私がかねがね追求してきたことは科学と宗教の一体化。それが出来るような気がしてきたのである。それは科学において「量子力学」の発展なしには語れません。素粒子の2つの有様。即ち、粒子でもあり、波動でもあるという我々の感覚にとって信じられないような現象。しかし、そのことを認めるとこの世のことが良く理解できてくるのである。全ての存在は素粒子でできている。人間も虫も山も川も星もバクテリアも……眼では確認できないが、「想像力」をふくらませれば、その世界を理解できる。すると、全ての存在、否、眼に見えない存在までも、例えば霊魂までもがその世界に包含されるのである。そう考えると「般若心経」の言葉「不生不滅」「不増不滅」の意味もよく分かる。この世のものは生まれたり、死んだりしないのである。形を変えて他のものにうつりかわるだけなのである。

我々に、全てのものに形を与えているのは大日如来、我々の肉体が滅んで魂が大日如来の元に還り、そしてまた機会を得て他の者となり、甦る。

私は、このトンネルの役目を果たしているのが、ブラックホールではないかと考えます。ブラックホールの向こう側にはホワイトホール（大日如来）があり、時間も空間もなく、すべての事象が溶け込んでいるのである。ホワイトホールは究極のパラレルワールドと言っても良い。究極のと呼ぶのは素粒子の波動性にのっとると、私たちが住む世界と別の、少し違った世界があっても不思議ではないからである。パラレルワールドは複数存在する。

私はブラックホール（この世）とホワイトホール（あの世）をつなぐイメージを砂時計に求めた。砂が一定の間隔で行ったり来たりする。正にあの世とこの世を行ったり来たりするのである。池川先生たちが研究されている「輪廻転生」は裏付けられる。

ポピュラー音楽における「グレイトライフ」

ポピュラー音楽にもしばしば「グレイトライフ」の顕現を確認することがあります。ここでは3人の歌を取り上げたい。小田和正の『今日もどこかで』とジョン・レノンの『イマジン』とイルカの『まあるいいのち』です。先ず、小田さんの『今日もどこかで』。小田さんは素晴らしい歌をたくさん作っておられますが、私が一番好きなのがこれ！

「気づかないうちに　助けられてきた　何度も何度もそしてこれからも

（中略）

誰かが　いつも　君を見ている　今日もどこかで　君のこと想ってる
巡り会って　そして　愛し合って　許し合って　僕らは　つながってゆくんだ」（作詞・作曲　小田和正）

人間は誰でも決して一人では生きてゆけない。自分では意識しなくとも必ず誰かに助けられている。誰かがいつも見守っている。生きている人も、既に亡くなっている人も。人は常に自分を一番に考え、他者を排除しようとします。しかし、すべてつながっていることを自覚すれば一歩自分が下がって、他者を許し、自らも許され、一つになれるのです。

ジョン・レノンの『イマジン』。余りにも有名すぎる歌です。レノンの愛は地球規模です。レノンはこう言います。

「想像してごらん　天国なんてないんだと　……地面の下、地獄なんて無いし　僕たちの上には　ただ空があるだけ

（中略）

僕のことを夢想家だというかもしれないね　でも僕一人じゃないはず
いつかあなたもみんな仲間になって　きっと世界はひとつになるんだ
想像してごらん　何も所有しないって

（中略）

想像してごらん　みんなが　世界を分かち合うんだって」

（Imagine　ジョンレノン、オノ・ヨーコ）

人間、善行を積めば天国に行けるし、悪行を重ねれば地獄に行く。これは世

の中の常識ですが、レノンは全否定します。みんなが少しでも所有することを捨てれば、平和が訪れ、幸せにあふれる世界がやってくる。みんなで分かち合える世界こそ天国だと言うのです。

最後にイルカの『まあるいいのち』。これはもう宇宙規模の歌です！

「みんな同じ生きているから　一人にひとつずつ　大切な命」
「みんな同じ　宇宙の仲間　一人にひとつずつ　大切な命」

（作詞・作曲　イルカ）

イルカさんはアリもカメも、大きな家もこびとの家も。東も西も、みんな同じ価値があるんだと言います。だから区別してはならないと。金子みすゞの詩にも通じますね！　私も小鳥も鈴もみんなちがっていて、みんな良いんだと言ってましたね。イルカさんが『まあるいいのち』とタイトルをつけた理由は、おそらく宇宙全体が一つの命として機能していることを訴えたかったからだと思います。一人の命は輪を拡げてゆけば、月をのみこみ、太陽をのみこみ、太陽系をのみこみ、銀河系をのみこみ、ついには宇宙をまるごとのみ込んでしまう『まあるいいのち』をイメージしていたのではないかと思います。

マイケル・ジャクソンの〝神〟

私は今まで人並みに大抵のことは体験してきたつもりです。ただ二つだけ人よりはるかに遅れて経験したことがあります。一つは納豆です。納豆を私は40才になるまで食べたことがなかったのです。食べるきっかけは仕事がらみで水戸の納豆工場に行き、先方がおもてなしに納豆入りの手巻き寿司を用意してくれたことです。おそるおそる口にすると、なんと美味しいことか！　私は一気に食べてしまったことを今でも覚えています。

そして二つ目はマイケル・ジャクソンです。マイケル・ジャクソンが50才で亡くなるまで、彼の音楽を真剣に聴いたことがなかったのです。あれだけ世間でもてはやされていましたが、私の耳には遠かった。亡くなってアルバムを買いCDを聴いたとたん、彼の魅力にはまりこみました。食わず嫌いだったのです。私はその時思ったものです。ポピュラー音楽の世界で真にパイオニア、クリエイター、ヒーローと言えるのはエルビス・プレスリーとビートルズ、そしてマイケル・ジャクソンだけではないかと。

ことにマイケルは歌とダンスを融合させました。そのマイケルが残した言葉に私の琴線をビンビン震わせるものがあります。

「私のあらゆる歌やあらゆるダンスは、神がこちらに現れたときに、そこに漂い充満してもらうための入れ物のようなもの」


またこうも言います。

「夜空を見上げて、本当に仲の良い友達を見るように星達を見つめていたことがある。まるで、それは私の祖母が、私のために用意してくれたような、そんな景色だった。〝なんてぜい沢で、なんて素晴らしい人だ〟そんなふうに感じていた。その瞬間、『神の創造物』の中に、私は『神そのもの』を見た。虹の美しさの中に、草原を跳ねながら駆け抜けてゆく鹿の優雅さの中に、父親がしてくれるキスの真実の中に、私はいとも簡単に女神の姿を見ることができる。しかし、私にとって最も甘美な神との出会いの瞬間には、まったく形がない。私は眼を閉じて、瞑想し、そして深くやわらかい静寂へと吸い込まれてゆく。」

マイケルは明らかに宗教を超えて「神」を感じていた。いいえ、私は敢えて「神」とは言わず「グレイトライフ」と呼びたい。マイケルはこの世界とグレイトライフの橋渡し役だったのです。天才と言われる芸術家、ことに音楽家はすべからく同じ役割を果たしていると思う。

宇宙の果てについて

現在の宇宙物理学では、宇宙の果てはどうなっていると考えられているのか？　ビッグバンがはじまって１３８億年。これが現在宇宙の最遠と考えられているが、様々な学説がある。

ＭＩＴのテグマーク博士は数学的に考えて１３８億光年より更に広いと考えている。計算上では、４７０億光年、直径で云えば９４０億光年が最果てだという。しかし、それでは終わりません。我々とは全く別の宇宙が更にその外側に無限に広がっているというのである。

博士は「並行宇宙」と言う。その数2の10乗のそのまた１１８乗個だそうです。その中には我々と全く同じ宇宙も存在すると予言します。

日本の佐藤勝彦博士はアインシュタインの一般相対性理論から導き出し、我々の宇宙が急膨張と収縮を繰り返し、新たな宇宙を生み出しているとします。

即ち、インフレーションを繰り返すことにより、子宇宙、孫宇宙と広がっていくのである。絵で示すと次のようになる。

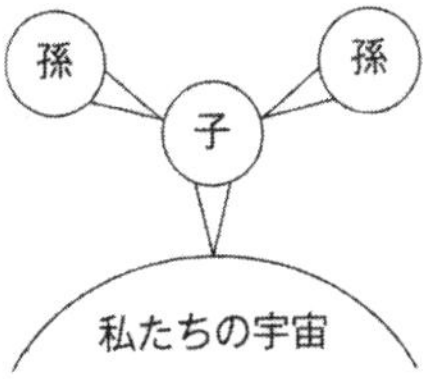

ここにユニバースからマルチバースへの転換がおこるのである。

また、タフツ大学のビレンキン博士は、佐藤博士の次々とインフレーションが起きる説には反対で、インフレーションは一回だけと言う。一度きりながら別の宇宙が次々と生まれると言う。別の宇宙は最初にできた宇宙にでき、その新しくできた宇宙の中にまた別の宇宙ができるというもの。そして最初の宇宙の外には何もないとします。時間もなければ空間もない。

「無」の世界が広がっているとします。

オックスフォード大学のペンローズ博士はマルチバースとは異なる宇宙の果てを考えている。宇宙の果てに存在するブラックホールが圧縮された重力源で全ての物質をのみこんでしまい、終にはブラックホールが放出した光子だけが宇宙に残り、他に何も存在しなくなる。光子は質量はなく、宇宙のはじまりと同じ状態になる。こうして再びビッグバンによって新たな宇宙の形成がはじまると言う。これを無限に繰り返しているのが我々の宇宙だというのである。

其々の説を総合的に考えると、まず結論として宇宙には果てが無いということ。（我々の住む宇宙にはあったとしても）それは従来のユニバースの考え方からマルチバースへとかわったからである。一つの宇宙は有限であっても、別の宇宙が存在し、際限なく続くのである。各々の宇宙は生きていて生滅を繰り返す。そしてそこにはブラックホールの存在が、大きくかかわっているというあたりが、今日の結論であろう。

映画『2001年宇宙の旅』

『2001年宇宙の旅』は余りにも有名なアメリカ映画です。1968年4月6日にアメリカで公開されている。日本公開は同年4月11日です。私が高校1年生の時です。映画館に学校から観に行ったかすかな記憶がある。

その時の印象は、はっきり言ってよく分からないというのが率直な感想でした。ラストシーンに赤ん坊の映像が出てきて「なんじゃこらっ」と思ったものです。その後、この映画を製作したのはアーサー・C・クラークとスタンリー・キューブリックだと知りましたが、その謎を詮索しようとは長い間考えなかった。

再び考えるようになったのはここ数年のことです。全編に出て来る圧倒的な存在「モノリス」とは何か？　何を象徴しているのか？　私が「グレイトライフ」の発想を持ってから、一つの結論に達しました。「モノリス」とは、手塚治虫の「火の鳥」と同じ存在なのだと。即ち、「大日如来」の化身なのです。

私はそのことを後年、１９８４年に製作された『２００１年宇宙の旅』の続編『２０１０』（ピーター・ハイアムズ監督）で確認することが出来ました。『２０１０』のラストシーンにこうあったからです。

「モノリスとはあらゆるものだと思います。我々を超越した知性の使者、形の無いもののためのある種の形」

映画『パウダー』

皆さんは、初めて聴いた音楽に涙したことがあるだろうか？　私はたった1度経験がある。

それはジェリー・ゴールドスミスの4枚組のCDを聴いていた時である。なんというタイトルの曲かは知らない、どんな映画の音楽かも知らない曲を聴いてとめどもなく涙が出たのである。直ぐに映画のタイトルを調べてみると、『パウダー』と分かった。観たことも聞いたこともない映画。『パウダー』は1995年製作のハリウッド映画。監督はスリラーやサスペンス映画を得意とするビクター・サルバ。フランシス・フォード・コッポラの弟子だ。

映画の中に主人公ジェレミー（パウダー）がガールフレンドに向かって話すシーンがある。

ジェレミー

「一人一人別々の存在だと思ってる。自分は自分だと。人は万物の一部だ。みんなつながっている。」

リンジー

「みんな？　私はこの木と一緒なの」

「犬のザックも。だったら会ったこともないイタリアの漁師とか。死刑囚ともつながっているのね？」

正に私が言いたいことをこの映画は伝えている！　ジェレミーは言う。

「肉体はなくなっても形を変えて存在する」

映画のラストシーンはとても悲しい結末だ。ジェレミーが雷と共に消滅するのである。もちろん肉体は消えても彼の「存在」はなくならないのだが。何度観ても慟哭してしまう。映画の中でジェフ・ゴールドブラムは言う。

「アインシュタインはテクノロジーが人間性を超えたと言った。しかし、君を見ていると。いつか人間性がテクノロジーを凌駕するときが来るだろう。」

余りにジェレミーは時代を早く生まれすぎたのである。

音楽のちから

音楽の嫌いな人はいないだろう。ポップス、ジャズ、ロック、ラテン、マンボ、ルンバ、レゲエ、タンゴ、サンバ、カントリー、ゴスペル、和製ポップス、歌謡曲、演歌、民謡、映画音楽、クラシック……枚挙に暇がないが、私はクラシックが好きだ。誰の影響でクラシックを好きになったのか、両親でも兄弟でもない。小学5、6年生のころ、友人のお父さんからもらったレコードプレーヤーでクラシックのレコードを聴いたのがきっかけだ。もちろん我が家にあったレコードではない。友達のお父さんが試聴用につけてくれていたものだ。

当時よくあった名曲のいいとこどりしたアラカルト盤。他の曲は忘れたが一つだけ覚えている。ベートーヴェンの運命の第一楽章だ。ダダダダーン、ダダダーン、誰でも知っているフレーズはその時初体験した。私のクラシックリスナー人生の始まりだ。私のクラシック歴は人とは違っているかもしれない。ラジオやテレビで耳に残ったフレーズを調べて曲名を突き止めるとその曲が入ったレコードを買うのである。そうやって1枚1枚と増やしていき、中学時代には100枚以上持っていたと思う。

中学時代にクラシックの思い出があります。メンバーは忘れましたが、何人かの友人と音楽の先生にお願いして音楽室を貸してもらいレコード鑑賞をやったことがあった。この時も何故かベートーヴェンの運命でした。後年、大学時代に福井県大野市出身の同級生を自宅に招待して聴かせたのも「運命」でした。「運命」とは切っても切れない繋がりがあるようです。余談ですが、彼はこの時の体験がきっかけでクラシックを聴くようになり生涯の趣味になったようです。

クラシック音楽の魅力とはなんだろう？　私は音楽に関してはずぶの素人、音符さえ満足に読めない。しかし感じることはできます。学生のころ、しばしば家中に聴こえるぐらいの音量でレコードをかけ指揮しながら音楽に陶酔したものである。背筋がゾクゾクしたり、涙を流したり、そうした経験の積み重ねがクラシックに対する私の音楽観を形成させていったと思う。

私はクラシック音楽こそ「グレイトライフ」と結んでくれるメソッドだと思

う。これを口で説明するのは困難である。敢えてするならば例えばベートーヴェンに代表される天才がグレイトライフと一体になるともう無意識に次から次へと音符が生み出され旋律を紡ぎだすことができるのだ。その一体度が完璧なほど素晴らしい曲となり、後年名曲と呼ばれる。ヘンデルの「メサイア」は演奏時間約2時間半かかるが、ヘンデルはたった24日間でこの曲を作曲している。キリスト教文明で言えば神が降りてきたとしか言えないではないか！　私流に言えばグレイトライフと一体になったとしか思えないのだ。

抗生物質について

抗生物質とは微生物から産み出し、他の微生物の発育を阻害する物質と定義されている。世界ではじめて抗生物質を発見したのはイギリスのフレミングである。1928年フレミングはシャーレに入れたカビが細菌を殺していたのを偶然発見する。それ以来ストレプトマイシンなど数々の抗生物質が開発されてきて、感染症を撲滅し、ペニシリン発見は「20世紀最大の奇跡」と言われるほどの大発見となったのである。

フレミングはこの功績で1945年ノーベル賞を受賞した。1967年にはアメリカ政府が人類は感染症を克服するだろうと宣言を発表したぐらいです。

ところがどうでしょう、次第に耐性菌に侵されどんな抗生物質も効かなくなって来たのです。人類は細菌をやっつけるために、次から次へと新しい抗生物質を作ってきましたが、耐性菌とのいたちごっこだったのです。日本でもMRSAの集団院内感染のニュースがしばしば報道されています。とうとう19

98年アメリカの上院公聴会でサッチャー公衆衛生局長官が1967年の宣言を撤回してしまいました。

大学や製薬会社はこのことを受けて細菌と共存する方法を模索し始めました。細菌を抹殺してしまうのではなく、毒素だけを取り除き正常な細胞と共存する方法です。実際に人間の体の中では様々な悪さをしない細菌と同居しているのです。共存しているのです。一部の悪さをする細菌とも仲良くすることが生命維持にとって最も大切なことなのです。


「排除の論理」は「融合の論理」に負けます。なぜなら、元々、生きとし生けるものは一つの生命＝グレイトライフなのだから当然です。他を排除することは、自らを排除しているのと同じことだからです。

最後にペニシリンを発見したフレミングの警告を紹介します。

「抗生物質には欠点があります。それは耐性菌の問題です。ペニシリンは決して万能の薬ではありません。誤った使い方をしていると、将来大きな失望をするでしょう」

砂時計とオリオン

元々、砂時計は古代エジプト、ギリシャ、ローマなどに起源を持つといわれ、時計が発明されるまで実際に時計として使われており、海賊旗のシンボルとしても使われたりした。

ヨーロッパでは「死」をイメージするそうであるが、私はこんなイメージを持っている。

砂時計を横から見ると、無限大の∞によく似ている。すなわち時間の流れの無限性を象徴しています。さらに私はフラスコを二つ合わせた形の片方が「この世」、もう片方が「あの世」だと考えている。私たちは「あの世」言い換えれば「大日如来」に生を与えられ、「この世」で役割を全うする。役割を終えるとまた「大日如来」の元に還っていく。そう、私たちは砂時計の中の砂なのである。私たちだけでなく、全てのものが砂なのである。全てのものが「この世」と「あの世」を行ったり来たりしているのである。少し飛躍するが、ブラックホールとホワイトホールの関係も同じようなものではないかと思っています。

山口陽介氏の絵画

みなさんは山口陽介という和歌山市出身の画家を知っていますか？　現在、北海道の洞爺湖町で活躍している新進気鋭の画家です。最近、私は彼の個展を見る機会がありました。小倉《おぐら》にあるカフェで展即をされていたのです。元々、彼は小倉あたりの生まれだと後に聞くことになる。私がどの絵も気に入りました。なぜなら彼の個性的な絵には「フィロソフィー」があるからです。そしてその「フィロソフィー」が私のそれと似ているからです。同じ〝人種〟だと直感しました！　その中の一枚の絵を私は買うことになるのですが、そのタイトルが『その水はそこにあるだけ』というもの。横22㎝、縦27㎝の小さな絵です。彼はこの絵にこんなメッセージを添えています。

「地球にある水は　いつも一緒の量しかないねんて
こおったり、くうきになったり、水になったり、飲んだりして
いっけん、なくなったように思うけど、地球にある水の量は、

ちっとも変わらないんだって。
いつも蛇口をひねったら「でてくる」と思ってるけど、
ホンマ　たまたま　その水は、そこにあるだけ。ただ、流れてる。」

私は、この「水」はすぐに「グレイトライフ」だと思いました。様々な形に（命に）変化していき、時には無くなったり（亡くなったり）しますが、結局形を変えて（輪廻転生して）また眼の前に現れる。そう、私にしても、すべての人びとも、否、森羅万象がいま（現在）「そこにあるだけ。ただ、流れてる」だけなのです。

真実について

『星の王子さま』に出てくるキツネは「本当のことは目には見えないんだ」と言います。本当のこと、つまり真実。私はしばしば真実を昼間の星に譬えます。星は夜に出てくると大抵の人は思ってるに違いない。でも昼間だってちゃんと星は出ている！　ただ太陽という存在にわが身を表せなくなっているだけなのだ。表面上のことだけ追いかけるのではなく、現象の奥に潜む背景を探ることが大切だ。「真実」を考えるとき、常にこの意識を持たねばならない。そうしないと誤った行動をしてしまうからである。

竹内まりやの「いのちの歌」にも同じことが歌われている。

本当にだいじなものは
隠れて見えない
ささやかすぎる日々の中に
かけがえない喜びがある

（作詞　miyabi（竹内まりや）、作曲　村松崇継）

しかし意図的に真実が隠されていることがある。東日本大震災から10年、福島原発事故から10年、震災や津波による被害から少しずつ復旧しつつあるものの、原発事故は1㎜も変わっていません！　メルトダウンした燃料棒は言うに及ばず、いま最も問題なのが汚染水問題。無能な日本政府が出した結論は海洋放水！　この問題に関してはマスコミも汚染水を処理水と言い換えたりして政府べったりの報道を繰り返しています。政府は多核種除去設備（ＡＬＰＳ）を使い、セシウム、ストロンチウム、プルトニウム、トリチウムなどの放射性物質を取り除き、安全な基準まで下げて放出するから大丈夫だと言う。しかしながらアルプスのメーカーも東電も認めているように１００％は除去出来ません。特にトリチウムは残ります。安全な基準というのが信用できません。何故なら原発事故前は人体への年間被ばく量は１㎜シーベルト以下だったのに、事故後はいきなり20㎜シーベルトに上がるのだから基準なんてどうにでもなるということ。そんな汚染水を海洋放出すればどうなるか？

我々は２０１５年国連サミットにおいてエス・ディー・ジーズを採択したのではないか。２０１６～２０３０年までに17の目標を立て加盟１９３ヵ国が達成を誓ったのではないか。
その17個の目標の14番目に「海の豊かさを守ろう」というのがある。具体的には海洋と海洋資源を持続可能な開発に向けて保全し、持続可能な形で利用するというもの。これにまったく違反しているではないか。最近、政治家（屋?・）がやたらエス・ディー・ジーズのバッチを付けているが、こんなことを許していてよくもつけていられるものだと思う。

こんな国家レベルの話ではなくもっと身近な例えを上げてみよう。ここにアンドロメダ星雲の写真と堀文子さんが描いた『極微の宇宙に生きるものたちⅡ』が展示されているとする。大宇宙のシンボルのようなアンドロメダ星雲とミジンコを真ん中にプランクトンが描かれた絵とはだれが見ても明らかに違う。それはある意味、正当な分別のある判断である。でもこの2枚の表現の中には一つの真実が隠されている。私が提唱する「グレイトライフ」である。堀文子さんは「一滴の水の中に無限の宇宙が広がっているのです」と言う。そう一滴の水とアンドロメダ星雲は釣り合っていて双方とも姿は違っていてもグレイトライフが姿を変えたものなのです。

昔、アメリカのSF映画『メン・イン・ブラック』でそのことを表すのに理解し易いシーンがあった。映画に登場する猫の鈴代わりに付けられた宝石「オリオンのベルト」を覗き込むとなんとそこには様々な星雲や星が広大に広がる大宇宙が見えるというもの。一滴の水を宝石に置き換えてみよう。そうすれば釣り合っているという意味が理解できるはずだ。さらに宝石をグレイトライフに置き換えてみよう。実際にはグレイトライフは宝石のようには眼には見えないが大宇宙もミジンコ達の生きる小宇宙も包括しているのである。

親父と蝉

40年住んでいる家に初めて蝉がやって来た！　といっても蝉は毎年夏が近づけば飛来し、けたたましい鳴き声を提供してくれる。尤もヒグラシのような物悲しい鳴き声を発する例外もあるが。そうではなく蝉の幼虫がうちの庭で羽化したのである。それも2匹！　よく「蝉は7年地中で暮らし、成虫になって1週間で死ぬ」と言われるが、実際には地中時間はもっと短く、成虫時間はもっと長いようだ。ツクツクボウシは1～2年、アブラゼミは3～4年、クマゼミは4～5年地中で暮らし、成虫になって1か月程度は生きるようである。

蝉の幼虫と言えば、幼いころに親父の実家（旧清水町、現有田川町東大谷）に夏休みを利用して親父と訪問した時のことを思い出す。当時の実家の辺りは周囲を山に囲まれた正に僻地であった。祖父はそこで主に農業で生計を立てていたようだ。買い物にもおいそれとは行けない。バス停まで山道を30分ほど下り、1時間ばかりバスに揺られなければ近くの商店街まで到達しない。そんな訳で1週間に1回か、月に1回か知らないが、どこからか軽トラに品物を積んで売りに来ていた。多分、数少ないお菓子の中から祖父に買ってもらったのではないかと容易に想像できる。

その時は数日の滞在だったと思う。親父は毎日昆虫取りに付き合ってくれた。そんなある日、私は庭の地面に黒い塊を発見する。その塊は動いていた。近づいてみると、なんとそれは蝉の幼虫に無数の蟻が群がっていたのである。私は直ぐに親父に報告、すると親父は蝉の幼虫を蟻から取り上げ、水で蟻を流し始めた。しばらくするとすっかり蟻は洗い流され蝉の幼虫は命拾いをしました。私はその幼虫を虫かごに入れずっと眺めていた記憶がある。ちょうど帰宅するバスの中で蝉に羽化し、バスの中じゅうに思いっきり鳴いて、少し恥ずかしい思いをしたことを覚えている。

今回の2匹の蝉の幼虫の出現で、そんな半世紀以上前の思い出を辿ることになった。蝉の幼虫を優しく蟻から守ってくれた親父も昨年末他界した。もしかして2匹の幼虫は親父かもしれない。2匹の蝉は今ごろ大空を飛び回っているにちがいない。そして50数年前、バスの中で大きな声で鳴いたように、どこかの木で元気に鳴いていることだろう。

太陽の塔

２０２５年大阪万博が決まった。１９７０年に開催された大阪万博から実に55年ぶりのことである。１９７０年の時、私は高校生、学校から行ったものを含め３～４回は訪れた。

その時の人の賑わいは今でも鮮明に脳裏にやきついている。各国のパビリオンが建ち並ぶ中、ひときわ印象的だったのが「太陽の塔」である。

「太陽の塔」は２０１８年、二度目の改修工事を完え、再び雄姿を見せているが、当時の私の印象は70ｍの巨体に圧倒され、見上げて唯々驚きの声をあげただけである。

しかしながら、今改めて「太陽の塔」を見直すと、様々な想像をかきたてられる。作者の岡本太郎自身、何も語っていないので、「太陽の塔」の本当の意味は分かりませんが、私はこう想像します。

まず三つの「太陽の顔」の説明。お腹についているのが現在、頂部の「黄金の顔」は未来、背面の「黒い太陽」が過去を表すとされている。「太陽の塔」内部には41ｍの「生命の樹」があり、生命の誕生から、原生類時代、魚類・三葉虫時代、両生類時代、爬虫類時代、ほ乳類時代と塔の中を貫いている。

岡本太郎が「人間の身体、精神のうちには、いつでも人類の過去、現在、未来が一体になって輪廻している」という言葉を残しているので「太陽の塔」は密教でいう「大日如来」、私がいう「グレイトライフ」を表しているのではないかと思う。「グレイトライフ」は時間も空間も生きとし生けるすべての命、否、精神（魂）をも呑み込んで溶け合っているものであり、常に輪廻して新しい命を生み出し、新しい役割を与え、「この世」に再生しているのである。

太陽という言葉を岡本太郎は使っているが、古来太陽は神と同じ存在であり、どの民族も古より崇めてきた。「大日如来」も然り、「太陽神ラー」も然り、インカ文明のインティも然り、「天照大神」も然りである。手塚治虫の「火の鳥」は「陽の鳥」でも良いのではないかと私は思っている。

超個体について

超個体（スーパーオーガナイザー）とは多数の個体から形成され、まるで一つの個体であるかのように振る舞う生物の集団のことである。例えば、シロアリの塚やサンゴ虫のコロニー珊瑚がそうである。

またガイア理論のジェームズ・ラブロックやジェームズ・ハットン、ウラジミール・ベルナドスキー、ガイ・スーチーなどは生物圏全体を一種の超個体と見ることができるとした。

最近では、超個体はサイバネティックス、特にバイオサイバネティックスにおいて重要とされる。その場合の超個体は「分散知能」の一形態を表し、限定的な知能と情報しかもたない個体が集まって個体の能力を超えた大きなことを成し遂げられるものとされる。

昨今、流行りのＡＩなどは、将来個の集合体としての超個体となり、人類の大いなる敵となりうるかもしれない。

私は、超個体の概念についてラブロック達よりさらに拡大解釈したいと思う。
すなわち、この宇宙に存在するすべてのもの、見えるものも、見えざるものも、
すべからくグレイトライフという超個体の構成体であると。

方丈記所感

鴨長明の『方丈記』は有名である。「ゆく川の流れは絶えずして、しかも、もとの水にあらず」という冒頭の部分は殊に有名である。世の無常を綴った名文である。

「ゆく川の流れは絶えずして、しかも、もとの水にあらず。淀みに浮かぶうたかたは、かつ消えかつ結びて、久しくとどまりたるためしなし。世の中にある人とすみかと、またかくのごとし。たましきの都のうちに棟を並べいらかを争える、高き、卑しき人のすまひは、世々を経て尽きせぬものなれど、これをまことかと尋ぬれば、昔ありし家はまれなり。或は去年焼けて今年作れり。或は大家滅びて小家となる。

住む人も、これに同じ。所もかわらず、人も多かれど、いにしへ見し人は二、三十人が中にわづかに一人二人なり。朝に死し、夕に生るるならひ、ただ水の泡にぞ似たりける。

知らず、生れ死ぬる人、いづかたより来りて、いづかたへか去る。また知らず。
仮の宿り、誰がためにか心を悩まし、何によりてか、目を喜ばしむる。その主とすみかと、無常を争うさま、いはば朝顔の露に異ならず。或は、露落ちて花残れり。残るといへども、朝日に枯れぬ。或は、花はしぼみて露なほ消えず。消えずといへども、夕べを待つことなし。」

さて、鴨長明が生きた時代は仏教が堕落し末法思想がはびこっていた。特に庶民には希望が全くと言っていいほど持てなかった時代である。方丈記はそんな時代のルポルタージュのような作品である。

この冒頭の文章の中に「知らず、生れ死ぬる人、いづかたより来りて、いづかたへか去る。また知らず。」とある。この疑問は現代でも通用する難問である。人間はどこから来て、どこへ行くのか？　永遠のテーマかもしれない。

しかし、私の結論はこうです。人は、いいえ、人だけではありません。動物も昆虫も生きとし生けるもの、否、山川草木、もっと言えば地球そして宇宙全体がグレイトライフから生じ、そして時期が来れば形は滅び、またグレイトライフに還って行くのだと。

矢作直樹氏について

東大病院救急部　集中治療部元部長の矢作直樹氏は『人は死なない』と言います。肉体は滅んでも魂というか、矢作氏の表現では「高次元エネルギー意識体」は残るという。矢作氏は最先端の西洋医学の技術を身に着けながらも、自身の神秘体験から、スピリチュアルな能力に開眼し、「高次元エネルギー意識体」の存在を確信するようになった。「高次元エネルギー意識体」はこの現実世界に眼には見えないけれど、いつも存在しているというのである。

この話は最新の宇宙論の課題と酷似している。私たちが見ている数えきれないほどの銀河や星。しかしこれらのすべての宇宙の天体の質量を足しても、理論的に導き出される宇宙全体の質量の高々4％ぐらいにしかならないというのである。即ち、ほとんどの宇宙が見えていないというのである。それを物理学者はダークマターとかダークエネルギーとか呼んでいます。

「高次元エネルギー意識体」も「ダークマター&ダークエネルギー」も眼には見えません。

「ダークマター」や「ダークエネルギー」が科学的に認められ、「高次元エネルギー意識体」は非科学的で認められないというのはおかしな議論である。

「ダークマター」や「ダークエネルギー」に関してはパラレルワールド宇宙論を展開している学者もいるが、ここからは私の想像=イマジネーションです。

私は一種のパラレルワールドを考えたいと思います。それは密教で説かれる「大日如来」の概念です。「無限なる宇宙のすべてであるとともに、宇宙に存在するすべてのものに内在している」(『空海の風景』司馬遼太郎)と言われる大日如来。「高次元エネルギー意識体」も「ダークマター&ダークエネルギー」もこの概念を使えば、解決できます。人は死んで「大日如来」の元に戻り、また再生します。命はエネルギー。エネルギー保存の法則に基づき命の総量は変わらない。

星の命も同じです。終焉を迎えた天体は最後に爆発して命を終えますが、また新たな星として復活するのです。その営みを繰り返す。この真理こそが宇宙の統一理論として認められるべきではないでしょうか!

輪廻転生について

私は輪廻転生を信じている。「グレイトライフ」から生を受け、役割を終えて母なる「グレイトライフ」へ還り、また新たな命を授かり復活することを確信しているからです。

医学博士の池川先生たちは人は生まれ変わることを科学的に研究を重ねている。世界の研究者たちが指摘する具体例は何万を数える。

東野圭吾原作の映画『ナミヤ雑貨店の奇跡』の中で流れる山下達郎の『REBORN』は正にタイトルの通り〝生まれ変わり〟を歌っている。

「あなたはいつだって　わたしのそばにいる　目に見えぬ力で　心を奮わせる

いつかまた　きっとまた　めぐり会う時まで　少しだけのさよなら

（中略）

わたしたちはみんな　どこから来たのだろう

命の船に乗り　どこへと行くのだろう
あなたからわたしへと　わたしは誰かへと　想いを繋ぐために
（中略）
あなたはいつの日か　ふたたびよみがえり　永遠のどこかで　わたしを待っている
たましいは決して　滅びることはない　いつかきっとまた　めぐり会う時まで
少しだけのさよなら
（後略）」（作詞・作曲　山下達郎）

この詩を私なりに咀嚼すると、人は（生きとし生けるもの）は死なない。人は生の存在を気配で感じることができる。すべてのものが「グレイトライフ」からやってきて、「グレイトライフ」へと還っていく。魂という言葉は俗化してしまい余り使いたくないが、敢えて使おう！「魂」は滅びることはないのです。だからいつか必ず再会することができるのです。
私たちはその信念を次代に伝えていかなければなりません。

老いについて

「老い」について古代ギリシャ・ローマ時代より否定的に語られてきた。現代ではやはりボーヴォワールの『老い』を上げなければならないだろう。そして今年2021年は奇しくも同い年（88歳）の樋口恵子さんと森村誠一さんが「老い」について上梓された。

ところで「老い」を認識するというのは生誕→成長→若者→中年→老人→死という不可逆的、一方通行の人生ベクトルを容認していることになる。私はこの認識は間違っていると思う。

例えば一人の人生を考えてみる。私の部屋には二人の息子の赤ん坊のときの写真がある。そして現在の彼らの姿がある。その間には無数の彼らの姿が存在する。過去から現在、未来に向けて川の流れのように受け止めている。しかし果たしてそうだろうか？　私は人生が方丈記の「ゆく河の流れは絶えずして、しかももとの水にあらず。」というように一方向に流れているのではなく、海のようにすべての川から流れ込み、森羅万象が存在しているのではないかと思っている。即ち、私の息子たちの際限なく畳み込まれた生きざまが一つの塊となって存在しているのである。その塊は四次元である。そして四次元の切り口が三次元、つまりこの世である。常にすべてのものが混沌となって、しかも厳然と存在している。その塊を個人から社会へと膨らませてみよう。さらに宇宙全体に膨張させてみよう。これがグレイトライフなのだ。こう考えてみると例えば人の死は一プロセスであり、ジエンドではない。同時に赤ん坊も存在しているのだ！　皆さん、思い出してください！　映画『２００１年宇宙の旅』のラストシーンを。死の次のシーンが受胎でしたね。そう常に我々はグレイトライフと共に生きているのである。

第四章

自然とのふれあい

　皆さんは和歌山県すさみ町口和深《くちわぶか》にあるフェニックス大褶曲《だいしゅうきょく》をご存知であろうか？　約1000万年〜2000万年前に牟婁付加体の砂岩泥岩互層が海洋プレートの沈み込みによって付加体となるときに形成されたもの。砂岩層が完全に固まる前に陸側に押し付けられ折りたたまれたものである。世界的に脚光を浴びてまだ数十年であるが、日本国内のジオパークの整備により、次第にその存在価値を高めている。

　ところがこの絶景を見るのは簡単ではない。私は最初、仕入れた情報をもとに海岸に下る入口までたどり着いたが、そこから先は道がなく諦めて帰って来たことがある。改めて南紀熊野ジオパークセンターに連絡してガイドを頼み、やっと目的を達成した覚えがある。とにかく15〜20分、褶曲が見える海岸まで下りるのにヘルメットを被り、完全武装で臨み、岩肌をまさぐりながら、必死で降りていかなければならない。私はバランスを崩して前の方に衝突しそうになったほどだ。行くまではもっと簡単に観望できるようにすれば良いのにと写真を見ながら怪訝に思っていたのだが、現地に行ってみるとこの景色は簡単に見せてはいけないとさえ強く思うようになりました。写真でもある程度の凄さは感じられるが、やはり現物は全く違う！　自然の力に圧倒され、ちっぽけな人間など簡単にひれ伏さざるを得ないのだ。

更に人間の眼を凌駕するものがある！　それは私が巨大な砂岩にうつ伏せになり、その岩に抱き着いたとき、私は人肌の温もりを感じながら、その岩と一つになる感覚を覚えたのである。私がその岩に抱擁されているような錯覚にとらわれたのだ。何千万年という時空を飛び越えて私を含む宇宙が一体となったのである。こんな体験は実際に現地に行かなければ決してできない。褶曲をなめていく海風は心地良かった。岩を這いまわるフナムシ、小さな水たまりにビッシリ生きる５㎜くらいの小さな巻貝、ここは君たちの世界だね！「突然押しかけて来て、ごめんなさい」そんな声をふとかけたくなりました。

自然に何の抵抗もなく抱かれる、そんな体験を時々されてみてはどうだろうか！

「ナポリを見て死ね」ならぬ、「フェニックス大褶曲を見て死ね」である。

自然に親しむ

平池緑地公園は和歌山県紀の川市にある。周りを水田に囲まれた周囲1・5km の小さな池である。ところがこの池、霊場高野山に匹敵するほどの「生命」のスポットなのだ。一言で言えば、花も木も草も虫も鳥も魚も亀も犬も人も同じ命の重さなのである。もう少し分かり易く言えば、それぞれの生き物がゆったりとマイペースで生きている場所なのだ。アフリカのオアシスがすべての動物の水飲み場になっていて、そこでは猛獣も草食動物もみんなくつろげる場となっているように。

平池は珍しい水草、多種多様な水鳥・渡り鳥、大賀ハスやベトナムハス、古墳群など沢山のヒーロー・ヒロインが季節ごとに現れる。6、7月のハスの最盛期に行くとショッキングピンクの花は見事である。それでいて神々しさも兼ね備え、如何にもお釈迦様に似合う。そのハスの花をめがけてミツバチが飛来し蜜を吸い花粉をいっぱい足に付けて隣花に舞う。持ちつ持たれつ！

池をじっと覗き込み、盛んに声を出す二人の老婦人。見ると手に各々パンくずを持ち、池の水面めがけて投げている。近くに行ってみると、合点がいきました。鯉と亀にパンくずをやっていたのです。鯉も亀も餌をくれるのをよく知っていて、我先に集まって来ます。運の悪い亀はライバルの亀に餌を取られたばかりか、その拍子にもんどりうって池に落下していきました。落ちた亀にしてみれば酷い恥をかいてHARDDAYに違いないが、私たちを和ませてくれる。

老婦人の一人が言う。「最近はトンボが少なくなったなあ」「水辺が減ったからや」周囲を見渡せばこの池にはたくさんのトンボが飛んでいる！　ここは楽園なのだ。

こんな幸せな池の周りを大勢の老若男女が思い思いに歩いている。途中、カモのカップルが池から上がり、盛んに口を動かしながらゆっくりと歩いている姿を見かける。まるで人間だ！　件の亀のように餌をにがした話などをしているのかも。ウォーキングロード沿いには楠やウバメガシ、モチノキなど沢山の木々が植えられていて歩く人の目を楽しませる。柿の木も隣接する農家が植えていて6月の末には5㎝ほどの緑の実をつけている。赤ちゃん柿だ。収穫の秋に平池に来れば柿狩りが出来るかも、なんて邪な考えに暫し浸る。

皆さんも是非、平池を訪ねて欲しい。癒されること疑いなし。私は地上のグレイトライフだと思う。

自分さがし

人生とはつまるところ「自分さがし」なのだ。そして自分と他者とのつながりを確認する舞台なのだ。そもそも「自分さがし」とは何か？　それはグレイトライフから与えられた「役割」を見つけること。先日、ＮＨＫの「こころの時代」を見ていると、考古学者の大村幸弘さんが出演されていました。大村さんはトルコのカマン・カレホユック遺跡の発掘で有名です。

小学生の頃から父親の影響を受け、土器などの発掘をしたり、復元作業を徹夜するほどに考古学に傾倒されていた。そんな大村さんが最初に自分を意識させられたのは、２００年前から伝わる「私残記」という手記である。ロシア兵によるエトロフ襲撃事件のとき一人で切り込んだ松前藩の武士であった祖先大村治五平が子孫に真実を伝えるために残したものである。大村さんはこの手記のことを父親から聞き自分のルーツをはじめて自覚したそうです。

つまり治五平ありて自分がいるということを子供ながらに「繋がり」を意識

したそうだ。

大村さんは長ずるにつれアナトリア文化（トルコ）にのめり込み、トルコ各地で発掘を体験します。その際、大村さんが最も力を入れたのは文化編年を作成することだ。文化編年とは何ｍも遺跡を掘り進めていくと各時代の様々な遺物が発見され、そうした遺物の時代ごとの繋がりを明らかにしていくことです。自らの家系のつながりも、歴史の中の人々の繋がりも同じだということ。大村さんは言います。考古学は自分を知ることだと。

大村さんは「自分さがし」の答えを考古学に見つけられました。私の場合はどうだろう？

やはり「グレイトライフ」との出会いである。「グレイトライフ」によって森羅万象が解き明かされ、自分さがしの結論が出たのだ。アリストテレスは『ニコマコス倫理学』の中で三つの幸福を考えました。１．快楽的幸福、２．社会的幸福、３．観想的幸福である。そして最も重要な幸福は観想的幸福、即ち知ることの喜びだと結論づけた。知ることの中には、風景を見て愛でたり、音楽を聴いたり、絵を見て楽しんだりすることも含まれている。私は加えて最高の幸福として「自己実現」言い換えればグレイトライフからの役割付与を見つけることを提案したい。つまりは「自分さがし」である。

人生の三つの目標

天地宇宙のことが分かり真理を極めたら、あとはその考えを実践するのみである。哲学というのは実践が伴わなければ意味がない。そこで私は3つの事を提案したい。

1）他人（者）を幸せにする。もっと言えば他者のために生きる。

もちろん人間は自分が第一です。特に「命」はそうです。弱肉強食と言ってしまうと悲劇的ですが、現実はそのあたりです。しかし食物連鎖を考えると、小さなものが大きいものに食われ、大きいものはもっと大きいものに食われる。こうやって自然界のバランスをとっているのである。食べられた命は決して無駄ではない。各々与えられた役割をまっとうしただけなのです。人間はややもすると、こうした自然界のバランスを崩してしまう傾向がある。それは人間だけのことを考えているから。いつか自然からしっぺ返しをくらうことになろう。人間だけが、「自然の摂理」を知っているのだから、そうなる前に行動を改めたいものだ。人類のエゴを捨てること、それこそが人類の生き残る道だ。たかだか５００万年の歴史。あの恐竜は1億５０００万年も地球を支配していたことを思えば、なんと短いことか！　吹けば飛ぶような歴史である。だからこそ今こそ智恵、想像力、慈悲を結集して全ての「命」を考えるべきである。私たち、日常の生活において考えてみると、他人や他の生物を思いやる精神が何より必要である。それこそが唯一生き延びる道なのである。

2）感謝すること

他人（者）の為に生きることは究極の人生の目標です。他人（者）のために行動すれば感謝され、必ず次便に戻ってきて自分を高めます。しかし、この行動には少し勇気がいります。ところが「感謝する」ことは自分さえ思えばそれでＯＫです。私はよくいろんなことで落ち込むと感謝するようにしています。日頃、大して好意的に思っていない人やものに対してもそのように努めます。すると気持ちがとても楽になります。人間は直ぐに自己中心的になり、他人（者）を軽んじようとします。けれども、よく考えてみれば、周りの様々な力（エネルギー）に助けられているかが分かります。第一、我々は中村桂子先生が説く「生命誌」が示す通り、約40億年の生命のつながりの果てに生きて、否、生かされているのですから、こんな感動は他にありません。ちっぽけな人間関係の諍いなど取るに足らないことです。とにかく、どんな時も、どんな人にも、どんなものにも感謝していれば間違いありません。「感謝」をして一番良いことは、私たちみんな同じなんだなという事に気づかせてくれることです。

3）想像力を磨く

今、世界中でヒットしている（2017年）書籍がある。オバマ大統領、ビル・ゲイツ、ザッカーバーグなど世界のエリートが絶賛する歴史書『サピエンス全史』である。この本はイスラエル人の歴史学者ユヴァル・ノア・ハラリの著作。ハラリ氏は人類250万年の歴史に4つの大きな革命があったとする。

①認知革命、②農業革命、③人類の統一、④科学革命である。そして彼

のユニークなポイントはいずれの革命にも「フィクションを信じる力」が働いているという。ハラリ氏によれば、会社もお金も国家も法律もすべてフィクションだと指摘する。私たち人類は最終的に残ったヒト科の生物である。2万数千年前まではネアンデルタール人と覇を競っていたホモサピエンスは、いかにして生存競争に打ち勝ったのか？　それは各々のフィクション力（想像力）の差だと説く。即ち、ネアンデルタール人は眼に見えるものしか言葉にできなかったが、ホモサピエンスは神のような眼にできないものまで言葉に表すことができたのである。

喜劇王チャップリンも「想像力」の大切さを説く。彼は映画『ライムライト』の中で「人生にとって大切なものは、勇気と想像力と少しのお金だ」と少女を諭すのである。

チャップリンはまた傑作『独裁者』でそれとは正反対の戦争を取り上げました。戦争ほど「想像力」の欠如したものは他にないのである。

ハラリ氏は「フィクションを信じる力＝幸せになる力」と言います。自分を幸せにするには他人を幸せにすれば良いんだという「想像力」。これこそ人類が250万年と云わず恐竜が支配した1億5000万年に匹敵するぐらいの繁栄をもたらすのではないだろうか！「想像力」の貧困こそ没落の第一歩なのだ。

私が「グレイトライフ」や「ブラックホール」「ホワイトホール」などの話をしても「信じられない！」と叫ぶ人々がいるでしょう。しかし、ハラリ氏も言うように今までの人類の歴史が「フィクションを信じる」ことによって進化してきたことを物語っているのである。

生きる意味

最近テレビは全くと言って良いほど見ない。その代わりインターネットでYouTubeをよく見る。テレビはくだらない番組や紋切型の番組、政権に阿ねた画一化されたニュースが多い。それに比してYouTubeはもちろん論外なものもあるが、発信者の千差万別な意図が感じられて面白い。

そんな中に高須幹弥氏（高須クリニック）のYouTubeがある。ある日のYouTubeで高須氏は視聴者からのこんな相談に乗っていた。

「何のために生きているのか？」

結論から言って釈迦が弟子の「死ねばどうなるのか？」という問いに答えたのと同じように、「わからない」と回答していた。宗教に入信すればその宗教なりの生きる意味を教えてくれる、また啓蒙系の指導者なら「とにかく目標を見つけ、それに邁進すれば生きる意味が分かるんだ」と教えてくれるが、こうした回答に納得いかない人もいると説明する。高須氏はこうも言う。大半の人々は「生きる意味」なんて考えない。考えたこともない。即ちそうした人々は幸福なのだ！　物事を深く考える人に限って不幸というパラドックスに陥ると。動物はそんな悩みはない。本能のままに生きている。それが彼らにとっての幸福なのだ。

確かに「生きる意味」を万人に納得してもらうのは至難のわざだ。ただ高須氏に相談を寄せた人はちょっと病的な面があり、様々なバックグラウンドがあるものの、私はその方が一時的に自信を失っておられるだけだと思う。私自身、20歳代の頃、自らの無能さに絶望して地獄をさまよった経験があります。自分は生きる価値が無いと自信喪失していたのです。人は様々な理由で自信を失います。頭が悪い、才能がない、学歴が無い、お金が無い、身体が弱い、容姿が悪い、何をやっても上手くいかないなど枚挙に暇がない。そんな地獄に陥る最大の原因は自分だけを見つめているからだ。しかし自分だけを見つめるきっかけを作ったのは他人です。そう他人との比較です！　私はある時点から比較するのを止めました。何故なら、グレイトライフという究極の存在を見つけてから自他同一を直観できるようになったからです。本をただせば同じ命の起源を持つ生命体、個体ごとに特性を具えて生きている、否、生かされているという認識に立てば楽になるのです。臨死体験をされた方が自分の身体を空中から眺めていたとしばしば言うように、そんな気持ちで自分自身を俯瞰的に見れば良いのです。私たちは存在するだけで「生きている意味」が十分あるのです。グレイトライフは無意味なものは生み出しません。

私はグレイトライフを認識することが自信回復の第一歩だと思います。周囲の者がだんだん愛おしく思えてくるのです。嫌いな隣人も上司も「人類」という括りで見れば良い。自然や宇宙などと同じようにグレイトライフの構成要素の一つとして捉えることが肝要なのです。

そもそも私たちが今生きている確率なんてとんでもなく小さいものです。先祖を辿れば原始生物までさかのぼる。この数十億年の間に、どれだけの偶然が重なり命を繋いできたか！　この有り得ない奇跡を感じることが出来れば胸がかきむしられるほどの喜びに打ちひしがれるはずだ。グレイトライフには過去から未来にわたる全ての命が畳み込まれているのです。

ところで生きる意味や幸せを感じるために一つ方法を教えよう。それは人を好きになることだ。異性でも同性でも、仕事のパートナーでも、或いはアイドルでも良い。とにかく好きになることだ。すると好きになった人のために何かしてあげたくなるものです。そうすればその人との信頼関係を築くことができ、そうした行為を積み重ねることで自信に繋がるものだ。誰もが頭が良いわけではない。スポーツ万能でもない。スタイル、容姿が抜群なわけでもない。喋りが上手いわけでもない。だからこそ人に惚れて欲しいのだ！　必ず道は開ける。

人生いかに生きるべきか？

バートランド・ラッセルが言う「宇宙の市民」に到達しようと思えば認識の幾つかの段階を経なければならない。

①グレイトライフの子としての認識
②我々一人一人は何らかの役割を担って生を受けている認識
③他者のために生きる認識と行動
④万物が一つであるという認識＝感謝

ラッセルが言う「幸福者」というのは、ある意味一面的、一方通行である。ある人が幸せになると別の人が不幸になることだってある。受験などその典型である。全てのものが「幸せ」にはならないのだ。「幸せ」も「不幸」も半々。打消し合って常にゼロなのだ。ただ得てして「幸せ」に気づかない鈍感な人がいるものだ。そんな人には永遠に「幸せ」は来ないのだ。

私は「幸せ」に生きるために「幸せ」を感じるアンテナをみがくことを提案する。その為には心の窓を全開にしなければならない。我々は詩人にならなければならない。五感すべてを駆使し、身体全体で受け止めなければならない。

そう、テイク・ナット・ハーンが白い紙の上にすべてを想像したように。

たとえば花をめでたり、星を眺めたり、小鳥のさえずりに耳をそばだてたり、また席をゆずったり、「ありがとう」と感謝の言葉を述べたり、「ごめんなさい」とお詫びの言葉を発したりすること、そんな小さなことでいいんです。


私は人も動物も自然も物質もすべて同じだと言った。東日本大震災で津波に多くの命がのみこまれました。けだし、津波も自然という生き物だとすれば、我々と同等である。猛獣に襲われるのと同じことである。だから悲しむに値しないなどと毛頭言うつもりはない。ただそれもこれもすべて呑み込んでいるのが、あの世の世界がこの世の世界に顕現する形なのだ。それを承知の上で、生かされた運命、チャンスを最大限に活かしていくのが我々のつとめなのだ。

これこそ生きる目的なのである。

他者の為に生きる

人生の最大の目的は他人のために生きることである。さらに言えば他生物のために生きることである。若い頃は寸毫気に掛けなかった思い。後半生になって天啓を受けたように身体中を駆け巡った思い。他生物とは読んで字のごとし、人も含め、生きとし生けるもの総てを意味します。しかし一般的には「人のために」は理解されるが、「その他の生き物すべてのため」とは何事かとなる。我々はハエのために生きるのか？　我々はカラスのために生きるのか？　我々は雑草のために生きるのか？　際限なく疑問符は続く。それは人の目で見るからである。

ハエやカラスや雑草は何の役にも立っていないように見える。しかし人の目は節穴だ。人間の目では見えない、科学の粋を集めても分からない、ハエやカラス、雑草が生態系の中で神秘的な役割を果たしているのです。エヴィデンスは？　それは分かりません。でもとにかく人間が一番偉いのではなく、命は平等であり、地球という一つの生命体の上で相互扶助の連関のもと生かされているのである。

そういう条件を前提にすると自分を取り巻くすべてのものが愛しく思えてくる。私がこの感覚を身に着けたのは早朝ウォーキングを始めてからだ。もうかれこれ18年続けているデイリールーティン、平日朝4時半から私が愛する紀泉台を東から西へ、西から東へぐるっと1周40分程度歩くのだ。冬になると下界と私の家とで1℃は違うという高低差は結構身体に負荷がかかる。一口で言えば小さな山である。和歌山市内では味わえない自然の魅力を満喫できる最高の健康環境なのだ。

先ずは野生の花や草、プランターの色とりどりの花、木々の数々、それらに集まって来る様々な虫たちや鳥たち、飼い犬や飼い猫、時にはイノシシやタヌキ。もちろん人間の営みもある。お百姓さんが作る畑や水田。毎年6月になると稲作が始まり、田んぼに水が引かれるとたくさんの生き物がやってくる。タニシ、オタマジャクシ、カエル、みずすましなど毎年必ず戻ってきます。どこに隠れていたんだろうと不思議に思う。曙光に煌めく稲についた水滴の美しさ！　紀泉台では星や月も私の友達である。お月さんに語りかけ、星の囁きに耳を傾ける。

私がウォーキング途中にある祠に入ったお地蔵さんに目を閉じて手を合わせていると、自分が無くなり、私の周囲のすべてのものと一体となる感覚に襲われます。その時、確かにすべてのものが生きているんだと、一体なのだと直観します。実際長年歩いていると、不思議な体験をすることがあります。

２０２０年３月24日、いつもの如く真っ暗な早春の朝歩いていてふと空を見上げると、南東から北東に向けて移動する光る飛翔体を発見しました。直ぐに人工衛星だなと思いましたが、次から次へと飛んできます。なんと数えてみると31個！　音もなく静かに北東の空に消えていきました。こんなに繋がった人工衛星はないだろう！　しかしその正体は分からなかった。翌日の新聞にも出ていなかったし、その後話題にもなりませんでした。


人はしばしばひとりぼっちだと落ち込むことがあります。そういうときは周りが見えていないとよく言われます。そうなんです！　周りのすべてが敵に見えてしまい、目を閉じて自殺に閉じこもってしまうからです。しかし本当は自分だけが生きているのではなく、あくまでも海の中で生きている生き物と同じように、私たちは宇宙という海の中で生息している生命体の一つなんです。其々の生命体は意識するしないに拘わらず相互に助け合っているのである。海に生きる生物が海水に抱かれるように、我々もグレイトライフという海水に包まれて生きているのである。もちろんこの世界がすべて「共存共栄」の原理で動いているとは言いません。「弱肉強食」の一面も確かに存在する。一つ例示してみよう。自然というのは一般的に人間を守り癒す対象として捉えられるが、東日本大震災の津波のように人間に牙をむくこともある。常に自然のように人間にとって幸不幸は表裏一体、これがまさにグレイトライフの実態なのである。

人は死んだら星になると言うが
違うのだ!!
私たちは星なのだ！
星は私たちなのだ！

中岡　俊明（なかおか としあき）

1953年和歌山県生まれ。和歌山大学経済学部卒業。

2023年まで和歌山パナシステム株式会社取締役会長を務める。ボランティアとして和歌山キワニスクラブで16年にわたり活動中。

執筆活動は2019年出版『和歌山市の昭和』（樹林舎）の中で「戦時体制下の人びと」を担当。2019年『智慧と慈悲』、2022年『電話のベルは幸せの鐘』、2024年『This is haunting！これぞ心に残る！』を自費出版。

グレイトライフ

2024年12月7日　第1刷発行

著　者　　中岡俊明

発行人　　大杉　剛
発行所　　株式会社 風詠社
〒553-0001 大阪市福島区海老江5-2-2 大拓ビル5-7階
TEL 06（6136）8657 https://fueisha.com/
発売元　　株式会社 星雲社（共同出版社・流通責任出版社）
〒112-0005 東京都文京区水道1-3-30
TEL 03（3868）3275
印刷・製本　シナノ印刷株式会社

ISBN978-4-434-34875-4 C0095
乱丁・落丁本は風詠社宛にお送りください。お取り替えいたします。